대한문인협회 서울인천지회 동인문집

들꽃처럼

제 2 집

시음사
시사랑음악사랑

발간사

  2009년 8월 대한문인협회 서울인천지회 첫 동인시집 [들꽃처럼]이후 6년 만에 두 번째 동인지 [들꽃처럼 제 2 집]이 2015년 가을 서울인천지회 시인님들의 높은 관심과 뜨거운 열망 끝에 드디어 그 모습을 드러내게 되었다. 대한문인협회/서울인천지회 지회장으로서 참으로 뿌듯하고 벅찬 마음이다.

  특히, 이번 [들꽃처럼 제 2 집]은 그 탄생 배경 또한 매우 극적인 비화(秘話)가 있으니 그건 바로 2015년 3월 대전 예술의 전당에서 전국 각 지회별 장기자랑 공연이 처음 개최되었는데 우리 서울인천지회가 영예의 1위를 차지하고 상금 100만원을 후원받아 동인지를 제작하게 된 특별한 계기와 동기가 있었다.

  장기자랑에 참여하여 넘치는 열정으로 최선을 다해준 10명의 시인님들께 이 자리를 빌어 큰 감사의 마음을 전하고 싶다.

  또한 가슴속에 영원히 남을 추억과 기념으로 자리 잡을 것으로 기대되는 이번 동인지 [들꽃처럼 제 2 집]에 참여해주신 30인의 시인님들께 깊은 감사와 기쁨을 함께 나누고 싶다.

  그리고 특히 신인문학상 수상자들의 열렬한 지지와 참여로 신·구 조화가 잘 이루어져 시인님들의 대표 작품 5편씩 총 150편의 주옥같은 시(詩)들을 수록하게 됨을 무엇보다도 큰 기쁨과 행복으로 생각한다.

  더운 여름 비지땀을 흘리며 편집과 수집 그리고 함께 애써주신 운영진 여러분들과 뒤에서 묵묵히 지지를 보내주신 서울인천지회 시인님들 모두에게 큰 축복과 무한한 발전을 기약하며 다시 한 번 인사드립니다! 고맙습니다.

서울인천지회 지회장 **길상용**

목 차

목 차

목 차

목 차

곽종철 시인

(사)창작문학예술인협의회 정회원 및 이사
(사)과우회 정회원 및 이사
(사)한국기술경영연구원 연구위원
(사)실버넷뉴스 기자
국립과천과학관 전시해설사
(사)과우회 봉사단 교육간사 및 지도강사
서울강남구자원봉사센터 교육봉사단 강사 등

〈저서〉
　시집　마음을 흔드는 잔잔한 울림(제1집),
　　　　　물음표에 피는 꽃(제2집)
　　　　　특선시인선(공동 시집) 등 다수
　산문집　과학의 미래, 과학기술선진국을 이룬 숨은 이야기,
　　　　　봉사는 사랑을 싣고 등 다수(이상 공동저서)

〈수상〉
　(사)창작문학예술인협의회 올해의 신인상,
　　　　　　　　한국문학예술인 금상 등 다수
　녹조근정훈장, 대통령표창, 국무총리표창,
　장관표창(과학기술부 및 재무부)
　구청장표창(서울 강남구 및 강동구)

물처럼 바람처럼
- 강화평화전망대에서 -

곽종철

숨을 죽이고 사는 사람아
흐르는 강물을 보라.
기(氣)를 펴고 사는 사람도
흐르는 강물을 보라.

미련도 증오도 없이
쉬지 않고 끊임없이
형제처럼, 한 몸처럼
자연스럽게 얼싸안고
바다로 가지 않는가.

있는 듯해도 보이지 않고
없는가 싶어도 또렷한 그 정체,
양의 탈을 쓴 이리 떼라면
반전(反轉)을 위해 쓴 가면을 벗고
강물처럼 바람처럼
행복의 나라로 함께 가야지.

실향민의 아픔을 안고
분단으로 멀어진 그곳을
내 눈으로 바라볼 수 있어
얼은 땅에도 봄바람이 불도록
망향 배(杯)를 올린다.

그늘

곽종철

원숭이 한 마리
나무 그늘에 앉아
달콤하게 졸고 있네.

먼 길을 돌아온 탓일까.
파리가 성가시게 해도
개미가 물어도
한들거리는 이파리 소리를
자장가 삼아 단꿈을 꾸고 있네.
오늘따라 솔솔 부는 바람이
너무나 시원한가 봐.

지상낙원이 따로 있나
여기가 거기지.
원숭이가 꿈에 그린 그림.

목마른 사랑

곽종철

그리움이 눈물 되어
눈가를 촉촉이 적실 때마다
돌멩이를 달고 있는 것처럼
더 무거워지는 내 가슴.

밤하늘에 묻어둔 옛사랑,
별을 볼 때마다
가슴에는 잔물결이 이는구나.
둥근 달빛에 가려진 별처럼
어두운 밤이 그립네.

살랑대는 바람결에
못내 떠나가는 옛사랑,
흘러가는 세월에 묻었다가
민들레 꽃씨처럼
새봄에 꽃으로 피워 볼 거야.

부부란 게

곽종철

남남이던 우리가 만나
새 삶이 펼쳐지고
푸른 꿈을 키울 수 있었던 것은
서로 인연이 닿았기 때문이야.

뒤돌아보면,
도란도란 살은 세월보다
먹구름이 끼고 비바람이 불며
찬바람이 불 때도 잦았지.
삶의 향기가 물씬 나는 것도
함께한 세월 때문이겠지.

설익고 모자랐던 짓들이
내가 네게 울타리 되고
네가 내게 따뜻한 품이 되어
서로 보듬을 수 있다는 것을
어리석게도 이제야 알았지.

모든 게 내 탓이요 라며
마음을 비우고 나니
머리에서 발끝까지
당신이 아름다워라.
내 삶에 당신이 있어 참 좋구나.

울고 싶은 날

곽종철

이슬비가 내리고
새들도 애달피 우는 날이면
비를 맞고도 가슴까지 아파
목 놓아 울고 싶어라.

삶이 너무 힘들고 고달파도
남들이 알아차릴까 봐
소리 내어 울지 못하고
흐느끼며 울은 적도 많았지.

못 견디게 괴로워
누굴 잡고 이야기하고 싶어도
그 말 들어줄 사람 하나 없어
베개를 끌어안고 몸부림치며
온몸으로 울어본 적이 있나요?

실컷 울고 싶은 날
노래는 나의 벗,
흘러가는 구름 잡고 노래 부른다.
그러고는 두 주먹 불끈 쥐고
너털웃음 크게 웃어본다.
으하하!

권미영 시인

부산 출생
현재 서울 동대문구 거주 및 직장인
2011년 대한문학세계 시 부문 등단
(사)창작문학예술인협의회 정회원
2013년 대한문인협회 금주의 시 선정위원 역임

〈저서〉
 영상문학회 시집 움터 공저
 2012, 2013 현대시 특선시인선 공저
 2014년 5월 시집 수채화 같은 하루를 출간

〈수상〉
 (사)창작문학예술인협의회 주최 전국시인대회 금상(2012)
 동대문구 청소년 및 주부 문예공모전 시 부문 우수상(2013)
 (사)창작문학예술인협의회 주관 베스트셀러 작가상(2014)

E-mail : wwwcom66@hanmail.net

식목

권미영

지구의 종말 앞에서도
한 그루의 사과나무같이
포기할 수 없는 일은
내 가슴에 사랑 한그루 심는 일,
그대 가슴에 사랑을 캐러
사람 우거진 숲으로 간다

사랑의 언어

권미영

내가 만약
꽃이 아닌 무엇이 되어
그대를 기쁘게 할 수 있다면
가벼이 열리지 않는 입속에
오랫동안 삭히고 묵혀
향기롭게 익어가는
잘 발효된 언어이고 싶다
그리하여,
깊어가는 밤의 강물 속으로
선뜻 뛰어들지 못해
몇 번을 뒤척이는 그대 곁에
토닥토닥 고단함을 재우는
자장가로 누웠다가
강물이 다 빠져나가
창백한 새벽이 이마를 드러낼 때
흔들흔들
잠든 내 사랑을 깨우는
세레나데로 노래하고 싶다

하늘

권미영

허공에 걸린
파란 편지지 한 장
희미해진
너의 소식을 물으려
펜을 드니
어디선가
새 한 마리
푸드덕 날아간다
그리움이라는
안부를 물고
너의 심장 한가운데로

손님

권미영

똑똑똑
이른 아침 당신을 두드립니다

어젯밤 닫아걸었던
문 좀 활짝 열어주실래요?
첫 손님, 햇빛이 찾아왔어요
바람도 같이요
지나가는 새소리 차 소리도
당신 마음으로 들어가고 싶은가 봐요

그런데 이거 아세요?
당신 마음 앞에 제가 젤 먼저
도착해있었다는 것

연가(戀歌)

권미영

봄이 오면
매화로
목련으로
개나리로
한 송이 꽃이 되어
그대를 만나고 싶습니다
깊은 산골짝
이름 없는 풀로
그대 발자국
가슴에 품은 날
비로소
꽃이기를 바랬던 것처럼
그대 렌즈 속
갇혀버린 한 송이 꽃이어도
봄이 오면
나는 한 송이 꽃이 되어
그대를 만나고 싶습니다

길상용 시인

서울 출생
서울 강남구 거주
2004년 대한문학세계 시 부문 등단
(사)창작문학예술인협의회 정회원
대한문인협회 서울인천지회 지회장
대한문학세계 심사위원

〈수상〉
　2012년 제5회 전국 시인대회 대상 수상
　2013년 대한시낭송가협회 주관
　　　　　　제5회 온누리 전국 시낭송대회 대상 수상
　현대시를 대표하는 특선시인선 선정
　2015년 시낭송지도자 자격 취득

〈저서〉
　2012년 개인저서 천생연분 출간

천생연분

길상용

하늘이 맺어준다는 인연이라지

젊음- 그 솟구치는 열정 푸르른 청춘이여
함께 자란 울타리 한올지어 정겹구나

반딧불 설렘으로 다가와
오랜 우정 출렁이는 온 사랑으로 안아주니
천정연분 따로 있을까

각자 다른 뿌리에서 태어났지만
자라면서 시나브로 한 몸 되는 연리목처럼
하나가 둘이요 둘이 하나로 동행한다면
이 얼마나 큰 행복이며 기쁨인가

네모와 세모가 만나
견고한 원을 만들어 간다는 건
자존심 이기심 서로 접어두고
둥글게 행보하는 삶의 여정이리라

너무 잘 맞아 넘치는 사랑이 아니라
못난 점들 토닥토닥 보듬어주며 살아가야 할 운명
그런 게지 천생연분이란.

- 사랑하는 딸 결혼하는 날 어버이 마음을 담아 낭송했던 시 -

장애인 시상식에서

휠체어에 힘겹게 앉아
목울대까지 치밀어 오르는 숨을 헐떡이고
온몸 떨며 낭송하는 모습
어눌한 웅얼거림은 차라리 오열에 가까운 비명 소리
할 말 다 못해
속에서 터지는, 세상 향한 붉은 외침이다

우리들은 귀로만 듣지만
그들은 가슴으로 듣는다

목발을 짚고
모진 세월을 걷는 그들에게
우리는 그저 동정이나 던지는 먼 이웃이었을까

세상은 안과 밖에
성한 몸에 마음이 더 일그러진 불구不具들로 북적이고
몸은 장애지만
마음은 자유로운 혼을 사르는 이들이 있다

예술의 한계를 창작으로 승화시켜
입과 발로 새긴 글과 그림들

아아,
진작 들리지 않는 귀를 열고
보이지 않는 눈을 뜨고
느낄 수 없는 가슴 활짝 연 그들에게
난 단지, 마음이 장애인에 불과한
낯선 이방인이었다.

사족(蛇足)

길상용

가수는 노래로 말을 하고
화가는 그림으로 말을 하며
배우는 영화로 말을 하고
시인은 시로 말할 뿐

그 외,
도대체 또 무엇이 필요한가?

사족(蛇足) : 뱀의 발 / 畵蛇添足(화사첨족)의 준말

4월

길상용

혹한과 눈보라 이기고 피어난 봄
아름답다

청춘과 황혼 사이에서 갈팡질팡
죽을 만큼 그리움이 달려오면
숨찬 내 열정
온기 없는 냉정함에
한 줌 햇살 바람에 실려 가듯 스러지고

죽음과 삶 만남과 이별이 교차하는 4월은
그래서 희망이고 절망이고
자연이 주는 인생의 철학이다

늙은 고목이 만들어내는 바람 소리
겨우내 몸 떨며 기다리던 소망이었을까
계절은 완연한 봄이지만
마음속은 아직 싸늘한 한겨울인 사람들

기다리고 기다리던 그 언제쯤
얼었던 마음 파열되는 진정한 봄이 오고
사이프러스 나무에 아침 햇살 찬란히 돋을 때쯤
참았던 환희 터뜨리련다.

포장마차

길상용

밤하늘 투영(投影)된 별빛
거리 이곳저곳 너부러져 있고
갈지자 휘청휘청
30촉 백열등 유혹에 흔들리듯
팍팍한 삶들 하나 둘 모여든다

저마다 사연 하나쯤 실없는 웃음 속에 감추고
소주잔 기울어 갈증 풀던 고향 집 툇마루

한 잔마다 가난을 마시고
현실을 안주 삼아 씹고
깊은 설움 목 터져라 삼켜버려도
주머니 가벼운 서민들의 애환이 서린 곳

천 조각에 날아갈 듯 휘갈겨 쓴
빨간 페인트의 왕대포
퇴색된 기억 속에 가물거리는데

지금은 포차로 위장한 대형 천막이
변질된 밤거리를 노랗게 수놓아 번들거린다

부익부빈익빈(富益富貧益貧)
추억도 예외는 아닌 모양이다.

왕대포 : 큰 술잔으로 마시는 술.
포차 : 포장마차의 줄인 말로 요즘의 대형화 된 포장마차를 뜻함.

김려숙 시인

대한문학세계 시, 수필 부문 등단
(사)창작문학예술인협의회 정회원
대한문인협회 서울인천지회 정회원
한양예술대전 시 부문 입상

눈물

김려숙

반짝하고
보석 하나 굴렀다

투명색 눈물 한 방울
쪼로록 시공을 꿰뚫으려

긴 터널 보이지 않는 어둠
흐르는 눈물방울 톡하고 떨어진다

할퀴고 엉킨
쓰디쓴 익모초 같은 삶

떨어지는 투명한 눈물방울
크리스털 방울

마음속 깊은 곳으로 떨어진다.

울릉도 밤바다

김려숙

방파제 저 멀리
칠흑 같은
시커먼 울릉도
밤바다

오징어잡이 어선마다
밝힌 등불 화려하게
유혹한다

부나비 휘어훨
시커먼 칠흑 바다

오징어잡이 어선마다
환한 등불 만선인가

기다리는 가족들
행복한 웃음
보상받는 우리네 삶.

쉬임표

김려숙

고단한 숨소리가 멎는 우주의
시간이 가깝게 들린다면

굴러가는 쇠똥 바퀴 따라
둥근 원시의 숨소리가 정지되는 한순간

누런 이파리와 해맑은 고기의
비린 내음은 향수
물거품 진 방울마다 흩어지려 한다

너에게로 나에게로 눈동자에
숨어 들어가는 적막
긴 여정을 안고 뒹굴고 싶어 한다

삭막했던 발톱의 상처
핏방울이 자국을 지우려는데
쉬임표에 엉겨 붙는다

오리처럼 뒤뚱거리며 좇아오는 환영들
잡으려 울부짖는데
찢어진 몸통을 본다 비로소

거기에 매달리는 거미가 새끼를 친다
자꾸자꾸 거친 숨소리가
그늘로 숨어든다

31

오늘

김려숙

기억이 자꾸만 길을 잃는다
거꾸로 서서 걸어 본다

납작하게 절을 하는 세상
질질 끌려가던 세월이
통쾌하게 웃는다

목을 조르던 빚쟁이가
홍시처럼 달다

복권을 산다
누군가 비밀번호를 알려준다

도망가라고
우주에서 빨리빨리

지구가 흔들흔들 모양새가
사차원쯤

숨고 싶다
거꾸로 가는 숨소리가
핏빛처럼 저려온다.

부끄러움

김려숙

게으른 시계가 되어 졸고 있는 동공
무거운 침묵은 어디론가 가라앉아 버리고

모서리에 숨겨진 한줄기 빛이
빼꼼히 눈치를 살피는 오후
무던히도 부끄러운 등살이 가려워온다

쉬임없이 쫓아오는 기억의 파편은
부유하는 연꽃 진흙탕 깊은 못 속에서

시간과 눈 맞추는 찰진 거머리처럼
흡혈하는 언어의 늪 속에서
사차원 우주의 그늘로 숨으려 하고

망각에 살아 숨쉬고 어설피
토하고픈 충동을 붙잡아
목줄기로 쓸어 넣는 고막의 울림은

윙윙 전자음 처럼 온몸을 타고 넘어
실핏줄 같은 연민 붉어오는 젖무덤은
부끄러움의 교향곡으로 다가온다.

김선옥 시인

충남 당진 출생
강화 거주

한국문인협회 회원
(사)창작문학예술인협의회 정회원
대한문인협회 서울인천지회 정회원
현대문학사조 사무국장

〈수상〉
2011년 대한문학세계 전국 시인 대회 동상
현대문학사조 작가 대상 2회

〈저서〉
제1집 함지박 사랑
제2집 바람개비의 꿈
제3집 詩 꽃처럼 옹알이로 피어나다

E-mail：kso3243@hanmail.net

이런 사람이 있습니다

김선옥

삶이 진솔하고 맛깔스러워
가까이하고 싶은
자기의 일에 몰두하여
감동을 주고 매력이 넘쳐나
그 삶에 한번 들어가 보고 싶은
이런 사람이 내게 있습니다

세련된 멋은 없어도 수수하고
질박한 모습이 좋은
결코 화려하지도 투박하지도 않으면서
온화한 미소를 던져주는 사람입니다

대숲에 이는 바람처럼 청정하고
생각만 하여도
아침 햇살같이 활력이 넘쳐나는
알맞은 온도에 찻잎이 우러나듯
그 사람의 향기가 내게로 옵니다
내게 이런 사람이 있습니다

아니더이다

김선옥

그대, 애써 잊으려 하지 않아도
아닌 것처럼 그냥
묻어 버리면
기억 속에서 지워지는 줄
시간 속에 묻혀지는 줄
알았는데 아니더이다

그리워하고 사랑했던 만큼
잊으리라, 그렇게 하리라
다짐했어도 하얀 여백에
가득 채워진 당신
비 내리는 날은 옷이 젖지만
쏟아지는 그리움은
마음을 적시더이다

가슴 깊은 곳, 그리움 끝자락에
아픔으로 오는 응어리는
그대로 인하여 오는 것이더이다

그렇더이다
사랑하는 것, 그리워하는 것
잊어야 한다는 것, 또한
내 의지로 되는 것이 아니더이다

석별

김선옥

뒤란 대나무 숲에서
밤새 수런거리더니
무서리 내린 아침
슬프지만 마지막 떠나가는 아름다운
이별을 하기 위해
열병식 하듯 낙엽들 앞마당에 줄 서 있다

발레를 하는 것처럼 발꿈치 곧추세우고
마치 홍학 紅鶴의 군무인 듯 무리 지어
골목길 빠져나와 뱅글뱅글 돌다, 쉿!
사열대 앞 지나는 중인가 보다

떠나는 가을 햇살도
일몰처럼 소진되어
스러지는 잿빛 영상 위로
늙은 황소 눈빛처럼 휑한
대지의 들판을 가로질러
황급히 빠져나간다.

시집 한 권

어느 시인의 시집 한 권
눈 안에 까만 점들로 살아

때로는 최면에 걸린 듯 출렁이며
화살촉으로 꽂히는 싯구들
무한의 자유에 든다

페이지마다
맵시, 솜씨, 말씨가
섬섬옥수
하얀 소반에 꽃으로 놓여
가지런히 빚어놓은
송편 같은 정갈함이
강물처럼 흐른다

명주 타래 풀듯
써 내려간 시어 속에
내 삶이 거기
그의 삶이 거기
죽음과 삶, 사랑과 그리움
우리의 생 生 또한
거기 있음이 아니던가?

산사에 봄 오는 소리

김선옥

큰 스님 되고 싶은
소망 안고
계곡 얼음장 밑에서
동자승
큰 스님 흉내 내는
108배
어설픈 목탁 소리

똑.
똑.
또독.
또르르.

김수미 시인

(사)창작문학예술인협의회 감사
대한문인협회 서울인천지회 고문
시인, 수필가, 시낭송가
시낭송 교육강사
(주)인스존 이사

〈수상〉
　2005년 6월 '향토문학상'
　2008년 12월 '창작문학 예술인 금상'
　2010년 '대한문학세계 최우수 문학상'
　2014년 12월 '평생학습 강사상', '구청장상 수상'

낮추며 살아가기

김수미

한 알의 알곡도 머리를 숙이며 자연에게 감사하고
한줄기 시냇물도 낮은 곳으로 자신을 낮추며 흘러간다.

우리의 모습들은 어떠했는가?
우리의 마음속은 어떠했는가?

세상을 원망하고
사회를 질타하며
높아지려 교만하지는 않았는지
한 번쯤은 자신을 돌아볼 시간인 듯합니다.

남보다 내가 먼저 낮아지려 합니다.
나보다 남을 먼저 생각하려 합니다.

이제는
세상 먼지 같은 욕심을 털어내고
아름아름 쌓여있는 낡은 감정 묵은 때 씻어내듯

오늘을 주신 이에게
범사에 감사하며

이 가을
계절이 주는 소리 없는 진리에
자신을 낮추며 겸손히 낮아지며
항상 기뻐하며 살아가려네…

가을입니다.

김수미

가을입니다.
당신이 남겨놓은 지난 세월의 그림자가
노랗게 황금빛으로 빛나고 있습니다.

바스락거리는 낙엽 소리에 추억의 그림들이
풍경화처럼 기억 속에 펼쳐집니다.

가을입니다.
진한 커피 향기가 마른 잎 타는 향기와
참으로 많이 닮았습니다.

사람들은 이야기를 합니다.
가을은 이별의 계절이기에
그래서 고독하고 외로운 것이라고.

하지만,
내게는 가을이 참으로 사랑스러운 계절입니다.

당신을 기억할 수 있으니까.
당신이 남겨 놓은 많은 추억들이 살아서 따뜻해지니까.

동행(同行)

김수미

반평생 걸어온 길을 돌아보며
지치고 힘들 때마다 혼자 걷는 길이라 생각했네.

걷다가 넘어지고
걷다가 주저앉고
눈물 흘리며 뒤돌아보니

걸어온 발자국마다
언제나 말없이 함께 한 동행이 있었네.

날 위해
눈물로 동행해준 한없이 큰 사랑이
나의 등 뒤에서 하늘빛처럼 푸르게 서있었네…

만추(晚秋)

김수미

가을이 깊어갑니다.
뜨락에는 낙엽이 쌓이고
앙상한 나뭇가지에 달이 떠오릅니다.

아픈 이별에 목 매인 나지막한 슬픔의 속내
가슴에 남아있는 사랑도 기억도 가져가라던…

사랑을 떠나보낸 계절이 깊어갑니다.
속눈썹 사이로 가을 달이 비치면
바람 소리가 실어 오는 애절한 산울림이 웁니다.

가슴에 남아있는 추억이
가슴에 남아있는 그리움이

깊어가는 가을
바람결에 맴도는 낙엽처럼
창백한 달빛 속에 맴돌아 스며듭니다.

세족식을 하며 (유치원 세족식에서)

김수미

사랑하는 나의 사랑둥이.
언제나 너를 부를 때면 가슴이 요동치는구나.

하늘이 허락한 너와의 첫 만남.
내 안에서 너는 늘 엄마의 강함을 느끼게 해주었던
나의 소중한 사랑이란다.

네가 첫걸음을 내딛던 날.

세상의 모든 것이 아주 작게만 느껴지고
너의 작은 두발이 내딛는 그 걸음에
엄마는 온 세상을 다 얻은 듯 감사했단다.

소중한 나의 사랑둥아.
세족식을 하는 이 순간 엄마는 모든 것에 감사한단다.

고사리 같은 너의 작은 두 손으로 엄마의 발을 씻어주듯
너의 마음에도 서운하고 속상했던 모든 것을 씻어내렴.

너의 예쁜 꿈을 이루어 갈 수 있도록
우리 함께 만들어 보자꾸나.

눈에 넣어도 아프지 않을 나의 사랑둥이.
사랑한다.
아주 많이 사랑……한다.

김영주 시인

서울시 마포구 거주
대한문학세계 2015년 3월 시 부문 신인문학상
(사)창작문학예술인협의회 정회원
대한문인협회 서울인천지회 정회원

새가 되어

김영주

줄곧 새가 되고 싶었다
어찌 새가 되는지 몰라 바라만 보았다

어느 날
살아온 시간이 하늘처럼 펼쳐지니
나는 내 인생에서 이미 한 마리 새임을 알게 되었다
과거에서 현재까지 훌쩍 날아온 새

자신만이 스스로의 날갯짓으로
퍼덕거리며 지금의 하늘을 날고 있는 새
우리 모두는 스스로 날아오른 하늘의 새다

우중(雨中) 붓꽃

김영주

목마름 없이 그대 목젖에 뿌리를 내리고
풍랑 없는 고요한 웅덩이에 누워 하늘을 대하니
꼿꼿이 버티지 않아도 물새도 아는 6월의 꽃이어라!

그리움 그리고 갈증

김영주

산자락 같은 너른 품으로 땅에 펼쳐져
시야 마디마디 다 채우는 풍경이 되어
정지되어야 덜 그리울까
바다처럼 매일 어김없이 때 되어
파도쳐 다가오는 믿음이 되어야 덜 갈증이 날까

이미 헤아릴 수도 치유할 수도 없이 와버린 세월에
선명한 어떤 기억도 없이
몸은 하루를 살면 그만큼 노쇠해져 가는 낌새인데
천륜으로도 인륜으로도 연륜으로도
다 채우고 가지 못할 것 같은 것이라면
그것은 운명인가

시간은 우리로부터 모든 것을 아련히 흐려 놓는데
시작도 끝도 막연한
그리움과 갈증만 살아온 시간의 길이만큼
거인이 되어간다

이루어지지 않은 것들은 흘러간 구름인데
지킬 수 없었던 것들은 한 줄기 바람인데

등대

김영주

어디로 가야 할지 막막할 때
오로지 찾아 헤매던 불빛
그 불빛 따라 믿고 가면
물과 땅의 경계에 머물게 되던
선도 악도 아닌 행로 미정의 *중간 영계

바다를 닮은 영혼은 바다로
땅을 닮은 사람은 땅으로
어디로 떠나든 또 돌아오고 싶을 때
한없이 그 불빛 변치 않기를
떠도는 자들은 늘 따라갈 빛이 간절하기에

중간 영계는 선이 진리와 하나가 되면 하늘로,
악이 거짓과 하나가 되면 지옥으로 이를 판별하는 기간에 머무는 장소

폐선(廢船)의 꿈

김영주

다 부서져 바다에 나갈 수 없는 파편인 너도
바람 따라 바위에 부딪히고 돌다가
큰 바다에 나갔던 추억이 있었겠지

큰 물고기 마주하고 파도에 춤추던
젊은 돛단배였던 견고한 시절이 있었겠지

숨을 멎은 듯 요동 없이
파도도 닿지 않고 바람에도 밀리지 않는 갯벌에 묻혀
헤헤 낙낙

못도 풀리고 단장도 벗겨진 채
한 조각 한 조각 평생 나아가고자 했던

그 바다 끝에 녹아들 꿈을 꾸며
나무가 되었다가 먼지가 되었다가
네 좋아하던 바닷물이 되겠구나!

김은정 시인

서울시 거주
초등학교 교사로 재직

(사)창작문학예술인협희의회 정회원
대한문인협회 서울인천지회 정회원

〈수상〉
　2013년 6월 대한문학세계 시 부문 신인문학상 수상
　2014년 순우리말 글짓기 공모전에서 금상 수상
　2014년 명인명시 특선시인선 선정

이메일 : depohang@hanmail.net

생강나무

김은정

그가 생강나무 세 손가락 잎을 따주었다
수돗물 방울이 떨어지며 생강나무 잎 보드라운 등에
이슬방울처럼 맺혔다가 낙하한다

봄이 올 때
노란 꽃을 보았다
봄이 떠날 때
연한 푸른 잎사귀 맛보았다

진하게 파고드는
생강나무 향이
달콤하게 가슴을 찌른다

누군가에게 무엇을 남기려거든
활짝 꽃이 필 것이며
야릇한 향 날카로울 것이며
먹히는 보드라운 잎도 가질 것이며
생생히 살아 있을 일이다

첫눈이 온 날

김은정

저 아래
아파트 백사 동 앞
쌍둥이 은행나무

첫눈 맞으며 놀더니
노란 잎들 다
떨구어 버렸다

설거지하다
그릇 하나 미끄덩
떨구었다

싱크대에 기대어
무릎에 얼굴 묻고

노란 잎들 생각에
눈물
떨구었다

겨울 사랑

김은정

나무는 올라갑니다
눈은 내려옵니다
어느 시간에서
어느 지점에서
만났습니다

서로 안고 사랑을 합니다
눈과 나무가 마음껏 겨울 사랑을 합니다
눈이 나무를 무척이나 보고 싶었나 보죠
나무를 다 덮은 것을 보면

나무의 체온은 내려가고
눈의 체온은 올라가서
같은 온도로
사랑을 합니다
짧고도
영원한
겨울 사랑을 합니다

두물머리

김은정

산 두멍
잔잔한 물
그리워 흘러드니

꺼펑이
가시버시
미쁜 미소 너울너울

합환주
부부의 인연
표주박에 두 물이

두멍 : 물을 길어 담아 두고 쓰는 큰 가마솥이나 큰 독
꺼펑이 : 덧씌워 덮거나 가린 물건
가시버시 : '부부(夫婦)'를 속되게 이르는 말
미쁘다 : 진실성이 있다
합환주(合歡酒) : 전통 혼례식에서 합근례 중에 따르는 술

무등산 상고대

빛 고을
무등산에서
파란 하늘 노래하는
흰 구름의 출처를 알다

높은 산 가지에
보이지 않던
투명성이
차가운 향기로 불어와
하얗게 내 비춰는
맑은 중첩의 원리를 알다

솟구치는
하얀 화산 폭발음에 놀라
입석대에 내린
흰 구름

서석대로 몰려가
산에 울부짖던 산에
겹쳐 피어난
손 시린 하얀
꽃을 보다

김정희 시인

인천 거주
대한문학세계 시 부문 등단
(사)창작문학예술인협의회 정회원
대한문인협회 상벌위원장
대한문인협회 서울인천지회 사무국장

〈수상 및 경력〉
　2013년 신인문학상 수상 / 대한문학세계
　2014년 한 줄 시 경연대회 동상 수상
　　　　　　　창작문학예술인협의회 주관
　2014년 전국시인대회 순우리말 경연대회 동상 수상
　　　　　　　창작문학예술인협의회 주관
　　　　　　　문화체육관광부 국회사무처 충청일보 후원
　2014년 6월 금주의 시 선정 〈시향의 나그네〉
　2014년 현대시를 대표하는 〈명인명시 특선시인선 〉 선정
　2014년 대한문화예술인 금상 수상
　2015년 한 줄 시 경연대회 동상 수상
　　　　　　　창작문학예술인협의회 주관
　　　　　　　문화체육관광부, 충청일보 후원

가을의 독백

김정희

가을은 그리움의 계절
낙엽을 태우듯 그리움을 태운다

지나가는 거리의 길 위에 뒹구는 한 잎 낙엽에도
해묵은 추억이 떠오른다

가을은 외로움의 계절
아름다운 것을 보고 있어도 외롭다

들녘에 모락모락 피어오르는 쥐불 연기의
그 매캐한 냄새에 폐부 깊숙이서부터
알 수 없는 향수와 그리움이 솟는다

가을은 저녁노을 지는 빈 하늘에
첫사랑의 그리움이 채색되어진다

해묵은 책갈피에서 부끄러워 차마 보내지 못한
한 통의 편지를 꺼내어 읽으며
피식~ 김빠지는 헛웃음이 나와도
왠지 그의 안부가 궁금해진다

오늘 내 가슴엔
가을날 태우는 낙엽처럼 그리움이 타고 있다

詩鄕의 나그네

아직도 未明인데
마른기침에 바쁜 걸음으로 새벽길 나서는 저 나그네

동녘 하늘에 말간 낮달로 떠서
온종일 땅을 내려다보고도 무엇이 아쉽고 서러운가

서녘으로 가지 못하고
새벽까지 말갛게 떠 있던 이월의 보름달

黎明에야 연무에 가려진 채
빛을 잃어 눈물 머금고 떠나는 저 달도 나그네

날이 새면 우리는 또다시 새날을 시작하는
바쁜 걸음 옮기며 길 떠나는 나그네가 된다

새벽 달 기우는 여명의 시간까지
고뇌의 낯선 거리 돌고 돌아 이제야 보금자리 찾는

나는
詩鄕의 거리를 떠도는 외로운 나그네

천년의 사랑

김정희

꿈틀대던 지층의 용트림이
검게 그을리며 스쳐 간 자리엔
검푸른 심해의 파도가
끝이 보이지 않는 수평선에서 달려와
멈추지 않는 칭얼거림으로
갯바위에 하얀 포말을 게워낸다

기다림이 퇴적된 낮고 척박한 토양에도
바람에 나부껴온 작은 씨앗은
옹색한 틈새에 뿌리를 내려
바위 기슭 모진 바람 앞에
강인한 생명력으로 겸손히 몸을 낮춘다

서러움 외로움 그리움
한 맺힌 세월 품어 소담스레 피어난
보랏빛 해국의 향기 품은 환희가 찬란하다

이슬에 목을 축인 감미로운 향연
짭조름한 해풍으로 씻어 나온 꽃잎의 맑은 얼굴로
바다를 향해 찬란한 노래를 부르면

바람은
천 년을 한결같이 파도를 부른다

이마저도 욕심일까

김정희

소슬바람 불어 들뜬 기분에
어딘가로 달려가고 싶은 맘 추스르지 못해
가슴 울렁거리는 밤

약속 없이 불현듯 차를 달려 네게 가겠다고 할지라도
왜 오느냐고 묻지 않고 조심해서 오라고 말해 줄 수 있는
그런 친구 하나 있었으면 좋겠다

농담인 듯 진담인 듯 스치는 말 속에
애꿎은 그리움만 심어주는 사랑 말고
친구도 연인도 아닐지라도
언제든지 그 가슴에 얼굴을 묻고 흐느끼고 싶을 때

왜 우느냐고 묻지 않고 그저 말없이 나를 품에 안고
내 머리카락을 쓰다듬어 줄 수 있는 그런 사람이면 좋겠다

오늘처럼
공허한 마음 채울 수 없어 울적한 날에는

물에 새긴 이정표를 그대 보았는가

김정희

그을린 구릿빛 얼굴의 독수리 같은 눈동자여
망망대해 수만 리 여정 그 끝이 보이는가
검은 팔뚝에 핏발이 서고 심장을 떨리게 하는
고독한 싸움을 어찌 견디려고

가슴을 고동치게 하는 그 염원 때문입니까
위험을 뛰어넘고 좌절을 이겨 내도
때론 가슴으로 쏟아지는 아름다운 별빛이
도리어 가슴 시릴 때도 있으리라

적도를 지나고 오대양 육대주를 돌며
물 위에 새로운 이정표를 쓰고 오는 길
세계 평화와 통일을 기원하는 새로운 역사이며
우리 위상의 드높임이라

그대
김승진 선장은 태극기 휘날리며 안전히 귀환하시라

김승진 선장 희망항해 요트 단독 세계일주 성공 기원 시

김향아 시인

서울 강서구 거주
대한문학세계 시 부문 등단
(사)창작문학예술인협의회 정회원
대한문인협회 서울인천지회 정회원

〈수상〉
  한 줄 시 공모전 장려상
  전국 공모전 순우리말 글짓기대회 장려상

행복

김향아

깊어 가는 밤하늘
유난히 반짝이는 별 하나
그대를 닮은 듯하여 바라봅니다

한낮의 열기가 식지 않은 여름밤
창문으로 슬쩍 넘어오는 시원한 바람이
그대를 스치고 온 듯하여
반가이 맞이합니다

이 밤이 외롭지 않은 건
같은 하늘 아래 어딘가에서
나처럼 밤하늘의 별을 보고 있을
바로 당신이 있기 때문입니다.

원치 않는 선물

김향아

"사랑해"
말하면 사랑일까

아닐 거야
상대가 무얼 원하는지
말하지 않아도
마음을 읽어서
행동하는 게 사랑일 거야

"미워할 거야."
말하면 미워지는 걸까

아닐 거야
문득문득 생각나고
궁금해지는 건
아직 마음에서 잊지 못하고
사랑하고 있다는 뜻이겠지

사랑하다
어느 날 갑자기 미움이 생길 땐
지나친 바램으로 욕심이 가져다주는
원치 않는 선물일까

"미워하지 않을 거야"
미워하는 마음이 생기지 않도록
사랑으로만 가득 채워서
원치 않는 선물은 받지 않을 거야.

이별의 연속

김향아

"어제"라는 하루를 맞아
기쁜 마음과 설레임으로
시간 가는 줄 몰랐었는데
해지고 어둠이 내려앉으니
떠날 때가 되었다며
발길을 재촉한다.

아쉽고 허전한 마음에
졸린 눈 부릅뜨고 붙잡았지만
자장자장 자장가에 사르르
꿈길 한번 다녀오니
어제의 모습이 보이질 않는다.

어디에 있을까
두리번거리며 찾고 있는데
오늘의 햇살이 나를 보고 웃으며
어제는 떠났으니
잊으라고 한다.

또 다른 설레임으로
새로운 오늘을 맞이하지만
떠나간 어제가 내 마음에 머물러
아련한 그리움으로 서성거려
내 마음이 편하지 않으니
오늘은 이별부터 준비하련다.

어디로 가고 있는 걸까

김향아

째깍째깍 시계 바늘은
오늘도 쉬지 않고 가고 있다

거리마다 바쁘게 움직이는
발걸음들이 어디론가
총총히 사라지고 있다

창밖으로 보이는 가로수 잎들
연둣빛 떡잎에서 어느덧
녹색으로 짙어 간다

여름은 뭐가 그리 바쁜 걸까
저만큼 봄을 밀어내고
분주히 신록의 향연을 펼치고 있다

덩달아 조급해지는 내 마음
어디로 가고 있는 걸까.

들리시나요

김향아

들리시나요
내 마음이 아파
끙끙대며 신음하는 소리가

쓰디쓴 이별을 준비하느라
괴로움으로 밤을 지샜더니
온몸이 물에 젖은 솜이불처럼 되었어요

아시나요
그대의 따뜻한 미소가
젖은 솜이불도 말려 버리는
봄 햇살이라는 걸

대한문인협회 서울인천지회 동인문집

들꽃처럼

제 2 집

김혜정 시인

경상남도 사천 출생
대한문학세계 시 부문 신인문학상
(사)창작문학예술인협의회 기획국장
대한문인협회 서울인천지회 부지회장
한국문인협회 회원

〈수상〉
　2011년 제3회 미당 서정주 시회문학상 수상
　명인명시 특선시인선 2005년 선정
　한국문학비평가협회 문학상 수상

〈저서〉
　어떤 모퉁이를 돌다

〈공저〉
　현대특선시인선(2005년)
　사랑, 그 아찔한 황홀(2009년)동인
　사랑은 기적을 일으킨다 동인
　詩 천국에 살다 동인

강물의 고백

어둠이 잘게 부서져 내리는 밤
가녀린 빗줄기에 묻힌 적막함이
나를 창밖으로 불러냅니다

마음은 창밖으로 던져두고
은은하면서도 깔끔한 맛을 우려낸
목련차 한 잔 들고 창가에 서서
가로등 불빛과 아련한 시선으로 마주합니다

문득,
그 어떤 한 사람의 모습이 떠오릅니다
저 어둠 속 빗줄기를 타고
슬금슬금 묻혀오는 낯선 고백 하나

빗물은 흐르고 흘러 강물 되어
바다로 흐르고 그 바다는
다시 강물이 되어 내 마음속에 들어와
사랑한다고 고백합니다

그녀의 숨결

김혜정

햇살 푸른 날
파란 향기 맞으며 걸었던 날들은
가을 따라 깊어가고 있다

놓아야 하지만
끝내 놓지 못한 그리움을 안고
지난 시간을 되돌아간다

이미 허공으로 사라져 버린 인연
먼 창공 속 구름으로 앉아 있을까
바람을 밟고 올라서는 발끝에
푸른 한숨이 서려 있다

세월이 삼킨 계절의 흔적 따라
행여,
그의 발걸음도 그리움으로 앉아 있을까

돌아보는 마음에
소리 없이 눈물 흐르게 하는 것은
못내 잊지 못하는 그녀의 다정했던 숨결뿐이네

천상의 연인

김혜정

한줄기 투명한 빛으로 떠오르는
명징한 별빛에 환한 웃음을 담고
당신이 있는 하늘 별집을 찾아갑니다

천년의 세월을 넘나들어도
변하지 않을 당신과 나의 사랑이
온전히 하나 되어
푸른 별빛으로 반짝이는 천상의 나라

빛의 결정체인 은하수를 걸어
잠잠한 하늘 호수 안에서
당신과 내가 함께 잠들 수 있도록
당신의 별집에 은은한 국화꽃 향기 피웁니다

욕심

김혜정

있잖아
너를 알고부터
자꾸만 욕심이란 것이 생겨

아침에 눈을 뜨면서부터
시작된 욕심은
끝도 없이 내 하루 속에
깊은 그리움의 울타리를 만들게 해

그래도 하루가 행복한 것은
버릴 수 없는 욕심인 걸
알기 때문이야.

별

김혜정

꽃에서
당신의 얼굴을 본다.

화안한 빛의 생동을
하늘빛 속에 묻으면
당신은 별이 되어
내 가슴에 흐르고

당신 눈 속에 스민
온화한 빛은
내 어둠 속에서
꽃의 미소로 기지개를 켠다.

김희영 시인

서울 목동 거주
대한문학세계 시 부문 등단
(사)창작문학예술인협의회 정회원
대한문인협회 서울인천지회 정회원

2015년 현대시를 대표하는 명인명시 특선시인선 선정
대한창작문예대학 졸업
문예창작지도사 자격 취득

장미의 두 얼굴

김희영

화려한 향기를 지닌 꽃잎의 춤사위
5월의 초록을 붉게 태우고
향기가 흘린 눈물
가시 되어 심장을 찌른다

화려한 향기에 가려진 어둠은
삶 앞에 무릎 꿇는 처절함이었다
커다란 손길은 향기를 꺾어 삼키고
향기에 가려진 어둠은
눈부신 햇살에 더 깊은 어둠 속으로 잠식한다.

시리게 눈부신 햇살
혹독한 어둠이 삼키고
향기로운 꽃잎은
가시 돋친 외로움을 키운다.

화려함으로 붉게 타는 꽃잎
날카로운 가시를 품은 향기
장미의 두 얼굴엔
만질 수 없는 아름다움이
서슬 퍼런 웃음을 던진다

고향의 향수

김희영

제짝 찾아 둥지를 만들어
떠나간 형제들 모태를
찾아 모여들었다

당산 아래 본고향 앞뜰에는
훌쩍 커버린 은행나무가
옛이야기 간직한 채 팔 벌려 반겨주고

저마다 사연 간직한 유실수 나무들은
붉고 크게 여물어 간다

한 지붕 삼 남매 못다 한 이야기로
짧은 시간 어두워지고 밤새 도란도란
이야기 소리 끝나지 않는다

뒤뜰 밤나무 밤송이 벌어져
알밤 툭툭 탁 떨어져
우리가 모르는 많은 이야기 들려준다

정성이 넘쳐 흐르는 식탁에는
어머니 손맛 그대로 이어받은
며느리 손맛 자랑으로 어우러지고

반짝반짝 빛나는 장독대 항아리 위로
촉촉이 내리는 아침 이슬비는
이별의 시간을 늦추고 있다

가을 맹꽁이

김희영

오늘 아침 산책길에
냇가에서 혼자 왁~ 곽~하며
우는 맹꽁이 소리를 폐부를 찌른다

봄철 무논에서 떼를 지어 유영을 하면서
사랑을 찾노라고 울어대는 맹꽁이
울음소리는 거대한 오케스트라를
연주하는 듯 장대하고 힘찼다

철 지난 이 가을 냇가에서
혼자 우는 맹꽁이 소리는
무거우면서도 애조까지 느껴진다

사랑하는 가족과 그 많던 친구들은
다 어쩌고 저 혼자 남아서 슬피 우는가

아마도 겨울이 오는 것을 아는가 보다
혼자 우는 저 가을 맹꽁이 얼마나 외롭고 쓸쓸할까
우리 나이가 이미 초가을은 될 성 바르니
가을 맹꽁이가 예사롭지 않다

가족!
친지!
친구!
가을 맹꽁이에겐 가장 소중한 보배다

아카시아 꽃필 때

김희영

물안개 서서히 걷히고
뿌연 아침이 밝아오면
부지런한 산새 소리와
개울물 흐르는 소리
숲의 향기로 산책길은
열린다

산 저편에서 불어오는 바람은
깊고 짙은 꽃향기로
그리움 함께 묻어온다

초록 잎새 사이로
아카시아 꽃
초롱 등 매달아 놓은 듯
화사하게 피었고
향기 또한 코 끝에서
떠날 줄 모른다

유난히도 좋아하든
친구는 어디 갔나
무얼 하고 있을까

산새도 꽃등도 여전히 반기는데
풀꽃들을 모아서 유리 상자 속에
넣어둔 그 자리 지금도 있을까

강물은 유속하여 아무 말이 없구나

비가 오는 봄날에

김희영

비가 오는 봄날에
추적이는 빗소리만큼
끈끈한 동행이
거실에 마주앉아 있다

지루한 일상이 술렁거린다
발동한 장난기
내기에 이기면 소원 들어주기
불타는 승부욕에 빗소리도 숨죽인다

치고 빠지는 지혜로움
배려하는 마음은
웃음의 작은 열쇠가 되고
듬성듬성 내려앉은 백발은
무색함에 등을 돌린다

맞붙는 승부욕이
속임수는 절대적
능청 떠는 속임수에
웃음은 빗소리를 뚫고
담장을 넘어선다

비에 젖은 하루는
잔잔한 웃음과 동행하고
하루하루의 행복은
긴 여정 동행의 끈을
오늘도 한 가닥 이어 간다

도 성 희 시인

한국문인협회 회원
(사)창작문학예술인협의회 정회원
대한문인협회 서울인천지회 정회원
초동문학예술협회 회원

〈수상〉
대한문인협회 2014년 향토문학상 수상
대한문인협회 2014년 현대시를
　　　대표하는 명인명시 〈특선 시인선〉 36인 선정

메일 : rose6493mary@daum.net

그 여름의 바다는

도성희

휘이휘이 추억이 춤을 춘다
거뭇한 밤을 따라
별을 앞세워 걷던
검은 모래 소리 사각거리면
혈류가 통하던 두 손은
힘이 가해지고 밀어는 더욱 짙었지

뱃고동 소리 뚜 하고 들리면
뛰는 가슴의 울림이
미세 혈관까지 파동치고
해일이 되어 덮쳐 오는
격정의 이명 공명 되는데
등에 붙는 모래는 따뜻했다

바닷바람과 격랑이 밀려오면
절정의 순간은 높고
채 풀지 못한 두 손엔
바닷물이 흥건하게 쥐어져
출렁이는 물결 되어
우린 바다와 하나가 되었었지

빛바랜 흑백사진 하나가

도성희

이삿짐을 싸다
낡아빠진 옛일기장에서
빛바랜 흑백사진 하나가
바람개비 마냥 팔랑거리며 떨어진다

옛 추억 하나가
나선형 구름을 타고 내려
먼 기억 속을 더듬게 하고
춤사위처럼 나풀나풀 시간 여행을 한다

안타까운 인연
뭐에 가 그리 바쁘다고
만나질 수 없는 저 먼 나라로
훠이훠이 구름가마 타고 가 버렸을까

가슴이 짜르르하게
일시에 전류가 흐르고
갑자기 눈시울이 뜨거워지는데
흐려진 시야엔 검은 구름이 내린다

거부할 수 없는 유혹

도성희

치명적인 실수
자의식 속에 부글부글 끓는
후회가 회한이 되어 만든 자괴감

그것은 말이야
누구라도 할 수 있는 실수
때로는 그렇게 치부하고 싶은 이기심

그 유혹 앞에서
뇌 작용이 멈춰버린 이브
바람이 되어와 송두리째 앗아간 카인

푸른 밤이면 밤마다
어쩔 수 없이 허물을 벗는
타 버릴 줄 알면서 불을 찾는 부 나방

이젠 다시 우화하자
모든 것을 원점으로 시작해
에덴으로 돌아가 다시 시작하는 거야

그대의 숲 그늘…

도성희

한 여름 뙤약볕
정수리를 하얗게 벗겨내고
인적 끊긴 가로엔
가로수만 축 늘어져 있습니다

빨갛게 열에 들뜬
마음까지 열사병이 걸려 있는데
기운 해가 넘나드는
저 산도 열사에 늘어져 있겠지요

숲 사이 비치는 빛
가슴을 헤집고 눈까지 멀었는데
가쁜 숨 몰아쉬며
가늘게 뜬 눈에 어려 있는 눈물

상처 입은 마음
그대, 숲으로 와서 그늘을 만들어
나 한 사람을 위한
안식할 수 있는 자리 만들어 주오

가난한 내 뜨락에

도성희

척박한 내 뜨락
자갈과 사금파리투성이
아무리 일구어도
쓸모없다고 생각했는데

어디서 날아왔는지
민들레 홀씨 하나가 와서
하얀 꽃을 피워
벌과 나비가 문전성시 하네

점점 비옥해지고
윤기 나는 나무들이 늘어나
이름 모를 새들까지
넉넉한 숲 그늘이 무성해져

가난은 이제 옛말
풍요로워지고 넘치는 행복
풍성한 결실을 맺어
파리한 영혼에 혈색이 돋았네

문익호 시인

나이 예순에 글을 쓰기 시작했습니다.
2015년 3월 등단 신인이라 갈 길이 멉니다.

새벽 물안개 따라 그윽한 향기 퍼지고
퍼지는 햇살 따라 꽃분홍 맑은 빛 담는다.

연못 개흙에 뿌리내리고 있지만 흠 없는 고아한 자태
시들거나 물 위에 떨어진 모습
누가 본 적이 있는가?

가슴에 한 송이 또 한 송이 꽃피우는
연꽃 가득한 연못을 바라본다.

가슴에서 울려 나오는 소리를 꽃피우며 따뜻한 마음을
나누고 싶습니다.

대한문학세계 시 부문 등단
(사)창작문학예술인협의회 정회원
대한문인협회 서울인천지회 정회원

꽃피는 계절

문익호

내 인생의 꽃은 어떤 모습일까
향기는 좋을까
예쁠까

따뜻한 봄날에
활짝 필 꽃
행복한 꿈꾼다

힘이 드는 세월
다가갈수록 더 멀어지고
물속을 걷는 꿈

지나간
내 청춘 꽃 피는 계절
내 인생의 꽃은 피기나 할까

피지 않는 꽃봉오리
야속한 마음 달래고자
가을 들길을 걷는다.

아~ 지천으로 꽃이다.

꽃은 봄에만 피는 게 아니었다.

조바심

문익호

봄날이기를 바랐는데
찬바람 훅 분다.

해야 하나
말아야 하나
이러지도
저러지도 못하는

딱 그 선이다

모래성에
파도 몰려오는 순간
모래성이 견딜까
허물어질까

조금만
힘을 보태주면 될 텐데
그를 바라본다
마주치지 못하는 눈길

야속한 마음
아니야
외면하지 않을 거야

해야 하나
말아야 하나
도와주겠지
외면하려나

내 가슴
시소를 탄다
점점 드높이
널뛴다

얼굴 드니
맑은 하늘
단옷날 그네를 타듯
바람에 훅 날려버린다

서촌 골목길

문익호

아이스커피 손에 들고
친구와 걷는
서촌 골목길

이상 시인의 집
이제는 문화재가 된 골목골목 집
오랜 세월 숨 쉰다

예쁜 간판 작은 상점들
작은 저 가게에서 돈벌이가 될까
스쳐 지나가는 사람들 본다

좁아서 붙어 걷는 골목길
작은 꽃 행인 눈에 흐드러지고
옛 흔적에 저 때는 이야기꽃 피어난다.

골목 끝에 문득 펼쳐지는
왕기 서린 인왕산
수성동 계곡 둘러보고

산을 향해 한참
마을을 향해 한참
나란히 나무계단에 앉았다

제법 시원한
산바람이 내려 불 때
세월을 털며 일어섰다.

서촌 골목길
흐드러진 작은 꽃 함께 보며
만두가게 작은 문 드르륵 연다.

목련꽃

문익호

이른 봄
흔들리는 빈 가지
솜털 뽀송한 아기 새들 날아와
포근한 햇살 꿈꾼다.

그 자리 가득 앉아
고고한 자태로 우아하게 머물다
흰 깃털 털어내며
날아가 버린 하얀 새

날아간 빈자리
연둣빛 그리움 그림자 되어
말없이 내려앉아

하얀 새 꿈꾼다.

시와 노래

문익호

마음과 마음 통하는
시와 노래
그윽한 시향이 울려 퍼진다.

조급한 세상
벗어나 여유롭게
타고 흐르는 리듬

감성에 푹 젖은
시 낭송 물결
황금빛 가슴으로 흐른다.

가슴을 적신
감흥이 온몸을 타고
미소 눈물 탄성으로 온다.

인생을 노래하는 향초
잠시 음미하는 사이
녹아내리는 내 마음의 모래알

우리도 한 번
향초를 피워볼까
천년의 미소
그윽한 시향이 울려 퍼진다.

박광현 시인

서울 도봉구 거주

2013년12월 대한문학세계 신인문학상 시 부문 수상

(사)창작문학예술인협의회 정회원

대한문인협회 서울인천지회 정회원

2014~2015년 시화전 출품

바라보기도 아까워라

박광현

그대!
마주 보며 바라보기도 아까워서
고개를 돌리고 말았네요

그대!
저 먼발치에서 미소 지으며
있어도 다 볼 수 있어요

그대!
그냥 그곳에 서 있기만 해요
나의 잰걸음으로 그대에게 갈 테니

그대!
나만 바라봐 줄 거죠?
행복한 마음으로 즐거운 마음으로

그대!
그대가 행복해하는 것 즐거워
하는 것만 봐도 나는 행복해요.

감꽃

박광현

혹여 사랑하는 임
지나다 볼까
고개 숙이고 있네요.

스쳐 가는 바람이
볼까 초록 잎으로
고운 꽃 가리고 있고요.

고운 꽃 한 잎 따서
그대에게 주고 싶어요
감꽃 속에 달콤함도
전해주고 싶고요.

초록 잎으로 작은 우산
만들어
노란 감꽃 수줍음
감춰주는 모습이 예쁘죠?

듣고 싶은 말!

나!
당신한테 듣고 싶은 말 있는데

눈 감고 있을 테니 해주실래요
음 듣고 싶은 말은요?

"사랑한다"라는 말인데
해 주실 수 있죠?
말하기 쑥스러우면

귓속말로 해주어도
난 괜찮은데
말해 줄 거죠?

시간이 필요하다면
얘기하세요
얼마든지 기다릴 수 있어요

그런데요. 너무
기다리지 않게 해주시면 좋겠어요
빨리 듣고 싶은 말이니까요.

당신이 있어

박광현

당신이 내 곁에 있어
웃으며 지낼 수 있어요

당신이 내 곁에 있어
난 행복한 사람이네요

당신이 항상 내 곁에 있어
혼자 바라보는 하늘도
행복하게 바라볼 수 있어요

그런 당신을 생각할 수
있는 것만으로도 행복한
사람이 바로 나네요.

이슬비 내린 아침

박광현

에구!
무에 그리도 급한 일이 있는지

아침 하늘에 먹구름이 잔뜩 끼어 있더니
소리 없이 이슬비를 흩뿌리고 지나갔네요

어제 저녁에도 이슬비가 다녀갔는데
그냥 먼지만 재우고 간 것이 미안했던지

오늘 아침에도 이슬비를 뿌리고 갔네요
느낌조차 없을 정도의 양만을 내려주고. 그냥

초록의 나뭇잎에 얹혀질 만큼의 양!
그래도 상큼함을 느낄 수 있는 아침이라서
행복합니다

박목철 시인

대한문학세계 시 부문 등단
(사)창작문학예술인협의회 정회원
대한문인협회 서울인천지회 정회원
(현)대한문학세계 기자
(현)대한멀티영상 아티스트협회 회장

〈수상〉
 순우리말 글짓기 전국공모전 대상 수상
 짧은 글짓기 전국공모전 은상, 금상 수상
 창작문학 예술인 대상 수상,
 대한 문학세계 최우수 문학상 수상,
 기타) 올해의 시인상, 향토문학상 등 수상 다수
〈저서〉
 시집, 세월에 실린 나그네 출간
 대한문학세계, 파라문예, 등에 작품 다수 기고,
〈기타〉
 특선 시인선, 시인으로 2012년 이후 연속 선정,
 시화전 초대 시인으로 2012년 이후 연속 선정,
 체육 전문 카페를 비롯 여러 카페에
                    고정 컬럼을 기고하고 있음.

좋아서 웃었다

박목철

일본 여행에서 돌아와
짐도 안 끄르고 술을 마셨다
젓갈에 곰삭은 김치 안주 삼아
개구리 소리가 요란하다
개굴! 개굴!
착한 백성이 기우제 올리셨나 보다
비도 내리고 있으니,
자연의 화음, 내 땅의 소리,
개굴개굴 주룩주룩
정겹다.

일본 술이 좋다지만
개구리는 개구르 개구르 했겠지
비는 주릇 주릇 내렸을 테고
허허 웃었다
우리 땅이 너무 좋아서.

세월 저편

박목철

세월 저편에
두고 온 줄 알았는데
한잔 술에 취한 잠 문득 깨지고
갈씬거린 조바심을 탓하고 있다.
자리끼 들이켜도 이는 목마름
반거들충이의 속바람인가
가물가물 피어오르는 뉘우침의 조각들,

그랬었지,
그랬더라면,
고상고상의 뒤끝은 늘 아쉬움이라니,
부활한 이는 오직 예수님인데
그래도, 세월 저편을 기웃거린다.
환생을 꿈꾸며,
건밤을 뒤척거린다.

우리말 풀이
갈씬거리다 : 근근히 닿을락 말락하다.
자리끼 : 밤에 자다 마시려고 머리맡에 준비하여 두는 물
반거들충이 : 무엇을 배우다가 다 이루지 못한 사람
속바람 : 몹시 지쳐 숨이 고르지 않고 몸이 떨리는 현상
고상고상 : 잠이 도무지 오지 않아 누워서 이 생각 저 생각하는 모양
건밤 : 잠을 자지 않고 뜬눈으로 새우는 밤

부처님 오신 날

박목철

언제 오시는 겁니까?
극락정토(極樂淨土) 미륵 님은,

곧 오신다던 예수(耶蘇)님
가신지 2천 년이 지났는데,
미륵 님,
오십육억 칠천만 년 후에 오신다지요,

십자가에 불 밝히고 기다리듯
연등이 가득합니다.

제 생일도 못 챙기는 중생이
-南無阿彌陀佛-
부처님 오신 날에

오십육억칠천 만 년 후에 미륵 세계가 열린다 하니,
천 년도 점 하나에 불과하다. 백 년도 못 사는 중생은 어찌하나?

꿈이 지워지면 치매라는데

꿈이 지워지면 치매라 했다.

건밤에 괭이잠,
흐느끼다 잠이 깼다.
뭔가 서러웠는데, 미안도 했었는데,
흐느낌의 감치만 움켜쥐고
왜였을까? 누구였을까?
가물대다니,

스친 인연 곱씹으면
다 가슴 아린 서머함이고
되돌리기엔
멀리 곡두 아닌가,

햇덧에 해바라기
것도 눈이 부시다고
안고 가기도, 놓고 가기도,

깜박 졸다 깨면
후회는 흐릿하게 지워져 있고
서러움은 또렷이 남아
흐느낌 되었다.
꿈이 지워지면 치매라는데

우리말 풀이
건밤 – 뜬 눈으로 지새운 밤
팽이잠 – 깊이 들지 못하고 자주 깨는 잠
감치다 – 잊혀지지 않고 늘 마음에 감돌다.
서머하다 –미안하여 대할 낯이 없다.
곡두 – 실제 눈앞에 없으면서 있듯 가물대다 사라져 버리는 현상
햇덧 – 해가 지는 짧은 동안

감히, 어허!

박목철

-하늘이 노했다-
바벨탑의 경고 까맣게 잊고
유전자 서열, 신의 암호를 풀었다 환호했다.
슈퍼 작물로 기아에서 해방도 됐다고
감히,

인공강우로
비도 뿌리고 눈도 내리고
우주로 메시지도 실어 보냈다 기세 좋게,
-여기는 지구 우주인은 보라-
신의 흉내라니
감히,

최고의 의료시설, 최고의 의료진
낙타가 옮긴 바이러스가 뉘 탓이라고?
어허!

가뭄에 먼지 이는 논밭에
언 발에 오줌발이, 것도 대책이랍시고
어허!

삼베옷에 머리 풀고 단(壇) 앞에 조아리던
나라님은 능(陵)에 계시고
단비 기다리는 애타는 한숨만
흙먼지 속에 신기루 되어 흩어지는가

박정재 시인

대한문학세계 시 부문 등단
(사)창작문학예술인협의회 정회원
대한문인협회 서울인천지회 정회원

2015년 4월 시 부문 신인문학상 수상(가을 그리움)
2015년 7월 4주 금주의 시 선정(연꽃에 붙여)

가을 그리움

박정재

그리움 가득 안고 찾아온 이 가을
언제나 젊음이 흐르는 기억 속에
벗님들을 찾아보는 늙은이의 눈에
들어오는 것은 시리도록 파란 하늘
오색으로 물들어가는 나뭇잎

한 가닥 한 가닥 양파 껍질처럼
벗기며 또 벗기며 떠올려 찾아보는
들판에서 냇가에서 운동장에서
곱디고운 마음으로 뒤섞이며 놀던
그 가을의 오케스트라

길 가다 오랜만에 마주치는 얼굴
서글퍼 멍든 가슴 차마 알세라
아 벌써 이렇게 지난 세월의 망각
물드는 단풍잎에 가만히 전하면서
세월의 무상함에 고개 숙인다.

연꽃에 붙여

박정재

파아란 잎 사이에 촛불 감싸고
다소곳이 하늘을 우러러 내민
아름다운 꽃봉오리
한낱 꽃이라고만 아드등거릴 수 없네.

달 밝은 밤 장독 위에 물 한 그릇 올려놓고
집 떠난 아들 잘되라고 하늘을 향해
빌고 있는 어머니의 고운 손
영락없이 그것이었네.

등잔불 아래 한사코 졸음 몰아내며
추운 겨울 걱정하며 딸아이 털목도리
한 코 한 코 뜨개질하는 어머니의 고운 손
영락없이 그것이었네.

아름다운 손

박정재

무료한 시간에 지쳐 있을 때
전화 한 통화 걸어주는 친구
얼마나 정다운 친구일까

노인의 고독에 빠져 외로울 때
커피 한 잔 같이 해주는 친구
얼마나 큰 위로가 될까

외로움에 견디기 힘들어할 때
산행이라도 함께해 줄 친구
얼마나 활기찬 활력소일까

쓸쓸히 걷는 황혼의 인생길에
조용히 다가와 잡아주는 손과 손
영원히 놓고 싶지 않은
아름다운 우리들의 손입니다.

내 맘의 강물

박정재

일렁이는 물결 따라
그대를 찾아가는
그리움 실은 파도

해가 뜨면
반짝이는 은빛 보석
해가 지면
달빛 따라 비단 파도

일렁이며 흘러가는
그림 같은 물결 위에
내 그리움 두둥실

그대 친구여
출렁이는 파도 소리
가만히 들어 보렴

내 마음 음악 되어
그대 품에 안기리다.

하늘을 향해 사랑을 그린다

박정재

사랑하는 친구야
그 만남의 반가움
내 가슴속에 깊이 숨겨 두고
친구란 이름으로
하늘을 향해 사랑을 그린다.

그 짧은 만남이
그 시간이 아쉬운 듯
지나버리고
아쉽고 아쉬운 내 마음
이 마음을 달래기 힘들구나.

스쳐 가는 만남
세월 속에 묻힌다 하여도
친구를 향한 사랑의 짙은 향은
내 삶의 동반자이기에

사랑의 꿈 키워가는
여기 한 사람
그대를 사모하는 연정으로
하늘을 향해 사랑을 그린다.

사방천 시인

대한문학세계 시 부문 등단
(사)창작문학예술인협의회 정회원
대한문인협회 서울인천지회 정회원

〈수상〉
　2013년 12월 14일
　　　(사)창작문학예술인협의회 올해의 작가상
　2014년 12월 20일
　　　(사)창작문학예술인협의회 예술인 금상

2015년 6월 20일 대한창작문예대학 졸업

불가사의

사방천

세월도 빠르구나?
소년 시절 부모도 없이
불가사의 의지로 총탄이
비 오듯 쏟아지는 6 2 5
그 많은 인민군과 중공군이
전멸하는 속에서 살아나
60여 년이 넘어 검던 머리의
서릿발이 내리도록
분단된 조국은 왜 아니 합치나?

참으로 잔인하던 그 시절
청솔 밭에 비행기로 기름 뿌리고
불 지르며 폭격하여 인민군과
중공군 죽은 핏물이 얼어붙은
계곡으로 흘러내리고 그 죽은
육신은 썩어 초목의 거름 되고
영혼들은 자기 고향으로 돌아갔는지

그곳에 얼어붙은 계곡에
핏물과 비명은 머물고
옛날같이 맑은 물 소리만 들리겠지
새삼 꿈같은 옛 추억이 생각이 난다

둥지

사방천

넓은 벌판 아담한 산기슭
노송 밑에 둥지 틀고 앉아
세월을 낚으려 하니
세월은 쉬지 않고
흘러만 가고 노송은 둥지를
바라보고 한숨만 쉰다?

새를 보려면 나무를 심고
나비를 보려면 꽃을 심어라
안수해 해수요 접수와 화수요
기러기는 물을 찾고
나비는 꽃을 찾지
꽃이 나비 찾으랴

갖춘 실력 발휘하지 아니하면
무용지물이 되느니라.
둥지 속에 들어 세월 낚으려
하지 말고 품고 있는 씨앗
싹을 틔워 벌판에 심어
꽃도 피고 벌 나비 모여들어
자연과 벗하면

온갖 사물이 광명을 비추어
어둡던 둥지 환히 밝으니
이내 몸과 마음도 태평성대라
바로 이것이 신선이로다!

초로인생

사방천

세상살이 아옹다옹 기를 쓰고 살아봐도
백 년밖에 못 사는 인생
인생 백 년 산다 해도 잠든 날 병든 날
제하면 단 이삼십도 못 사는 인생
천만 년 살 줄 알고 아등바등해 가며
억지로 모은 금전으로 한정된 운명은
살 수가 없다,

아무리 기를 쓰고 살려고 해도
운명은 재천이라
어제 만나 이야기하던 친구
자고 나니 영안실로 갔다 하네?

억지로 모은 재산 인심만 사납고
눈총 받아 가며 살아도 때가 되면
애써 모은 재산 버리고
빈손으로 왔다가 빈손으로 가는
풀잎에 이슬같이 타고난 운명이니

자연의 순리대로 작은 것을
만족하게 생각하고 서로 돕고
위로와 사랑을 베풀어
웃음꽃 만발하면 행복이요
지상 낙원이라 욕심은 버리고
흐르는 물과 바람같이 살다가 가세

독도

사방천

동해의 푸른 바다
우뚝 솟아 묵묵히 일본을 바라보고
때를 기다리는 독도의 멍든 가슴에
강제 위안부와 한국사람 생체 실험
학생들 교과서 독도가 자기네 땅이라고
올리는 왜곡된 망발과 억지소리에
통곡하며 울부짖는 독도를 바라보던
망망대해 바닷물도 참다못하여 땅을 치며
통곡하니 바라보던 만국에 국민도 애통해하네?

독도여 미안하다
조금만 더 참고 기다려 주렴
세월은 흘러가도 역사의 흔적은
남아 있으니 머지않아 너의 아픔을
해결할 역사가 곧 밝혀지리다!

일본인들이여 하루빨리 망언을
거두시고 21세기 밝은 세상의
손으로 얼굴은 가릴 수 있으나
하늘은 가릴 수 없으니 하루빨리
선조의 잘못을 시인하고
우리 마음에 멍든 상처 치료하여
돈독한 우호 관계 맺어 나가세

청산에 비바람

사방천

청산에 부는 바람
어지러운 세상 빨리
없어지라고 몰아치고

검은 벌판 흰 눈은
검은 마음 버리고
올바른 양심으로
세상 살라 하고

계곡물 흐르는 소리는
헛된말 하지 말고
모든 국민의 득이 되는
말만 하고 살라 하며

소리 없이 오는 부슬비는
서민들의 애환으로
살아가는 선의 눈물이요

모질게 쏟아지는 소낙비는
악한 마음 버리고
선한 마음으로 청산같이
살다 가라 하네!

서수정 시인

충북 청주 출생
서울 관악구 거주
대한문학세계 시 부문 등단
(사)창작문학예술인협의회 정회원
대한문인협회 서울인천지회 정회원

창작문예대학 졸업
창작문예지도자 자격증 취득

청평사 가는 길

서수정

오봉산 맑은 공기를 마시며
소양호로 가는 길은
봄꽃들이 미소를 지으며 반겨준다

살랑살랑 부는 바람에
스쳐오는 꽃향기 코끝에 닿을 때쯤
소양호의 뱃고동이 울어댄다

갑판 위로 불어오는
소양호의 시원한 바람맞으며
청평사로 들어가는 길이 설렌다

구성폭포의 물줄기는
가뭄에 가늘어져 제소리를 잃었고
길가의 풀꽃들도 여름 맞을 준비에 바쁘다

회전문을 통과해 들어선 청평사
오랜 세월 자리해온 절터에
깊은 향내 마음마저 숙연하게 한다

봄의 왈츠

서수정

지붕 위로 떨어지는 빗방울
토닥토닥 톡톡톡
봄이 무르익는 소리
밤새 봄비는 노래하며
춤을 추고 있었나 보다

대지 위에 스며들어
농부들의 희망이 되고
꽃과 나무의 생명수가 되어
생명을 불어넣어 주니
비 내림에 흥겨워 춤을 춘다

새벽녘 빗소리에 눈을 뜨고
가슴이 콩콩 뛰기 시작하면
비와 나는 하나 되어
신나게 왈츠를 추고
희망의 노래를 시작한다

인생길

서수정

인생길을 살아가다 보면
좁은 길도 만날 수도 있고
넓은 대로를 만날 수도 있지요

햇살이 비치는 길이면 좋고
나무 그늘에 가려진 길이면 시원하고
고부라진 길을 만나면 조금 돌아가면 되고
곧고 평탄한 길을 만나면
씽씽 달리면 되는 것이 인생길입니다

지금 내가 가는 길이 힘들다고
그 자리 주저앉는다면
좋은 길로 나갈 수 없겠지요

묵묵히 내 갈 길 가다 보면
햇살이 드는 평탄하고 곧은 길로
나갈 수 있을 것입니다

오늘이라는 인생길을
놓쳐버리는 일 없도록
최선의 삶을 살아야겠습니다

해를 삼킨 바다

서수정

바다 가운데 섬과 섬
커다랗게 입을 벌린 파도는
주린 배를 움켜쥔다

하늘과 맞닿은 수평선
검은 그림자 드리워지면
바다는 조용히 해를 삼키고

배부른 바다는 붉은 파도를
쉼 없이 내뱉으며
깊은 어둠을 잉태했다.

패랭이꽃

서수정

유월의 길가에
패랭이꽃이 피었다

1구의 차군(此君)이라는
패랭이꽃
가녀린 줄기에
맺힌 마디 때문이다

아무도 오지 않는 산길에
여린 듯 곱게 피어나
있는 듯 없는 듯 조용히
바람에 몸을 흔든다

가녀린 꽃잎이
석죽화(石竹花)로 불리니
맑고 담담한 자태는
천상 대나무로구나

차군 : 대나무의 별칭
석죽화 : 패랭이꽃의 다른 이름

135

안복식 시인

대한문학세계 시 부문 등단
(사)창작문학예술인협의회 정회원
대한문인협회 서울인천지회 정회원

〈수상〉
2014년 향토문학상 수상
창작문학예술인협의회 우수시 선정 3회

대한문인협회 금주의 시 선정

그날

안복식

가고 싶은 날에
가지 못하고
보고 싶은 날 보지 못하는 마음

하나 더하기 하나
셈을 못하고
하루하루 가는 날만 헤아려 보는

구석진 곳의 마음이야
알 리 없지만
우리 세상 끝날 때쯤 모여

우리들의 기억 속에
지나간 울고 웃어야 했던
이야기들을

이러했니.
저러했니.
속삭임이나 하여 보겠니.

애원

안복식

웃음 지을 수 있는
모든 것들을 이야기해요
하나 더하기 하나
셈 놀도 좋고
사공 이야기도 좋겠어요.

갈대의 사랑 이야기라면
저는
너무너무 좋아해요

그러나
그러나
그 조그마한 초승달의
슬픈 사랑 이야기만은
제겐
하지 마세요
울고 싶도록 서글퍼지니까요

잊고 싶어요.
잘린 조각달의 슬픈 사연을 ～

처음 본 여인에게

안복식

우연히 마주친 얼굴에
고스란히 이끌려간 마음

한 폭의
그림처럼
웃음도
슬픔도 없던 얼굴이

왠지
가슴에 스민다.

청춘의
단명한 시간을
여인은 알고 있을까

정말
왠지 모르게
여인의 눈에 이끌려 간다.

충청도 아줌마

안복식

그냥
빙그레 웃는
하얀 박꽃을 닮은 그이는
오늘도 어제처럼
하얀 이로 대접하고

고향 아줌마
떡 하나 건네던
그리운 얼굴 하나엔
충청도 아줌마
그네의 삶이 보이네.

건넨 것은 없어도
받은 것 같은
너그럽고
후덕함으로 치장한
바라만 보아도 좋은 이

그가 살아온
내면의 속 삶은
어떠했을꼬
마냥 눈길 멈추는
충청도 아줌마여라.

사랑이라 하더이다

안복식

멀리 가버린
슬픈 옛 추억마저
가슴 한편에
고이 간직하는 게
사랑이라 하더이다.

불러도
들리지 않을 만큼
멀리 있다 해도
다정히 화답 한 듯함이
사랑이라 하더이다.

어쩌다
떨어져 있을 때는
시나브로 보고파지는
꼬옥 손잡고 싶은 마음이
사랑이라 하더이다.

시시때때로
조금씩 조금씩
닮아간다고 느끼는
둘이 하나 되어 가는 게
사랑이라 하더이다.

안선희 시인

(사)창작문학예술인협의회 정회원
대한문인협회 서울인천지회 정회원

〈수상〉
전국 순우리말 글짓기대회 금상
대한문인협회 올해의 시인상
창작문학예술인협의회 한국문학예술인 금상

대한문인협회 금주의 시, 이달의 시인
명인명시 특선시인선 선정

〈저서〉
　둥지에 머무는 햇살
〈공저〉
　들꽃처럼, 대한문학세계 등 다수

단비

안선희

오랜 시간 묻지 못했던
님의 기별
어두운 장막 헤치고
발소리 들립니다

행여 다시 못 볼까
의심의 불씨
단호히 꺼뜨리고
상냥하신 나의 님

가슴 졸이던
침묵 깨뜨리고
애잔한 눈물방울로
창문 두드리는
나의 사랑 나의 님아!

인연

안선희

짧은 만남으로 내 곁에 머물렀기에
얼마나 소중한 사람인지 몰랐습니다
이 작은 세상 어디서든
다시 만날 인연인 줄 알았어요

하루, 이틀, 시간이 흐르고
언제부턴가
당신이 생각나면
눈물이 차올랐습니다

오랜 시간이 흘러
우리는 다시 만났지만
인사도 나누지 못하였어요
상심한 내 가슴은 빗장을 열고
당신을 멀리멀리 날려 보냈지요

사막 같은 세상 힘들어
그리움도 잊고 살다가
우연히 뒤를 돌아보았을 때
바로 등 뒤에서
보일 듯 말 듯한 미소로
사랑의 인사를 건네는 당신

우리가 같은 하늘 아래
공존하고 있음을 깨닫자
행복의 빛깔이
내 삶을 물들입니다

좋은 사람
당신이 또다시
나를 울게 합니다

눈물

안선희

꽃비 흩날리던 봄날
햇살에 취해서
정신이 혼미해서
그대 있는 마을로 달려갔지

오랜 시간 머뭇거렸던
많은 생각 뿌리치고
숨막히는 그리움 안고
바람처럼 날아갔지

결국 마주한 순간
도망치지도 못하고
석상처럼 굳어진
내 마음은
후회로 가득하였네

짧은 만남 긴 이별
그대를 생각하면
미소 위로 흐르던
나의 눈물

눈물을 감추려고
고개 숙인 사람아
이제 나는 알았네
긴 이별의 시간
그대도 나와 같았음을

참사랑

안선희

약한 자녀에게
더욱 강해지는 모정처럼
참사랑은
흔들리는 불면의 밤도
손 마주 잡고
아름다운 꽃 피울 줄 안다

참사랑은
부싯돌처럼
세월 흐를수록 단단하다

사랑하다
눈물을 뿌리며
이별할지라도
추억은
성숙한 친구처럼
인생을 함께 산다

붉은 나팔꽃

안선희

새벽이슬 내리자
나팔꽃 넝쿨이 울타리를
단단하게 감아 올라간다

우리의 사랑도 저렇듯
단단한 줄 알았건만
종이처럼 구겨진 옛이야기

아직 새살에는 딱쟁이도 앉지 않았다

뜨거운 미움으로도 씻어내지 못한
그림자 되새김질하다
길모퉁이에서 마주하던 날

피고 또 피어오르는 나팔꽃은
왜 그다지도 너그러울까
하늘을 찌르던 미움도
소리 없이 스러졌다

사랑은 서로의 흉터를 보듬으며
시나브로 여물어 가는 것
새벽이슬 머금고 피워 올린
붉은 나팔꽃처럼

이광섭 시인

경북 상주시 출생
서울시 송파구 거주

대한문학세계 시 부문 등단
(사)창작문학예술인협의회 정회원
대한문인협회 서울인천지회 정회원

등대

이광섭

구름이 구름일레라
가슴이 가슴일레라

세월 한가득
구름 한가득
세상 어디에나 네가 있듯
세상 어디에도 너는 없어라

가슴이 비어가듯
추억의 샘도 말라 가고
무거운 잿빛 구름 사이로
몇 줄기 밝은 빛 쏟아지거늘

너는 어느 빛 속에
그 아픈 눈빛을 감추고 오는가
눈 들어 너를 살피며
깊은 가슴으로 기다리노라

이 어둠 속에 햇살보다
더 밝은 불빛을 밝혀두고
그저 저 어두움 속에서
나를 향하는 너를 기다릴래라

가을 아침 이슬에

이광섭

살가운 바람이 불었다
싸늘함이 옷깃에 잠시 머물고
노랗게 물든
은행잎보다 더 화려한
햇살이 시리다

서리가 되기 싫은 이슬이
잠들지 못해 헤매던 작은 거미가
나뭇가지 사이에 밤새 쳐 놓은
손바닥만 한 거미줄에 아롱지며
마치 갈 곳이 있는 듯
햇살 속으로 비상을 준비한다.

시간이 바람같이 흐르고
햇살이 조금씩 두터워지면
드디어
우리는 찬란한 이별을 하겠지

오늘의 너는 햇살 속에 사라지고
내일의 너는 또 다른 너일텐데
어느새 또 다른 너를 기다리며
휑한 작별을 한다.

황혼

이광섭

석양이 화려하게 물드는 건
하루의 수고에 대한 위로다

노을이 붉고 아름다운 건
그대의 하루에 대한 보상이다

부족해서 아쉬운
넘쳐서 즐거운 하루

어떤 날도
소중하지 않은 것은 없다

짧지 않은 세월이 지나고
언젠가 다가올 인생의 저녁은

붉게 빛나는 화려한 노을만큼이나
아름다울까

세월의 어디쯤에서
지나간 세월을 돌아보며

스스로를 위로하고 격려하며
노을 속으로 걸어갈 수 있을까.

오솔길

이광섭

오라는 곳 있어서
잠시 발길을 돌렸더니
여기 오솔길이 앞에 놓였네

구불구불 비틀비틀
살아온 세월처럼
좁다랗고 구불구불한 길
내 앞에 놓여 있네

조금 더 올라가면
무엇이 있을래나
아마도 오솔길 한편에
똑 똑
물방울 지는 옹달샘 아닐래나

나그네 길 가는데
마른 목축이며
잠시 쉬어가라 붙드네

살다 보면 한 구비
살다 보면 또 한 구비
인생의 굴곡 같은 이 좁은 오솔길에
잠시 쉬어 가세나

이렇게 비 오는 날은

이렇게 비 오는 날은
가끔씩 그리움에 빠진다

이렇게 비 오는 날은
가끔씩 추억에 빠진다

그리워도 나
서럽지 않을 만큼만 그리워해야지

어쩌다 한 줄기 바람 슬프게 울고
눈물 같은 안개비가 내리면

가슴 밑바닥에
먼지처럼 겹겹이 쌓여 있던 그리움
춤추듯 요동하는데

그래도 나
그냥 서럽지 않을 만큼만
그만큼만 그리워하자

임미숙 시인

경남 합천 출생
서울시 양천 거주

대한문학세계 시 부문 등단
(사)창작문학예술인협의회 정회원
대한문인협의 서울인천지회 정회원

대한문인협회 우수작 선정

e-mail : hwangmae912@hanmail.net

낙엽

임미숙

초입에 들어서니 진한 솔향기가
코끝으로 스며들며
삶에 지친 심신을
살포시 안아주듯 맞이한다.

노오랗게 깔린 솔잎은
땔감이 귀하던 어린 시절을
회상하게 하며

연갈색의 플라타너스 잎이
소복소복 쌓인
숲길을 걸었다

발아래 들리는 그 소리는
바람에 쓸려가는 세월의 저항인지
반항하지 못한 유년의 외침인지
억압된 무의식의 처절한 울분인지
알 수 없는 희열과 쓰라림으로 교차한다.

낙엽은 모든 것을 내려놓음으로
새로운 생명의 영양분으로
회귀하며
화사한 꽃을 피울 것을 알기에
슬퍼하지 않는다.

어머니의 꽃밭

임미숙

봄이면 고향집
작은 꽃밭에
어머니의 수줍은
열정이 피어났다

홀로 오 남매 키우시며
모든 시름 꽃을 가꾸며
이겨내셨다는 것을
어머니의 나이가
지나고서야 알았다

자식 위한 정한수(情恨水)는
엄동설한에도 얼지 않았고
자신을 지키기 위해서
향기를 품지 않는 모란꽃처럼

언제나 온화한 표정 뒤에
강인하고 단아함이
함부로 범접하지 못할 여인
내 어머니

화사한 꽃길 걸어가시려고
병상에서도 인내하고 기다려
훨훨 춤추는 흰나비 따라
봄날 해인사 고불암으로 떠나셨다

모란 꽃잎에 맺힌
선명한 빗방울이
붉은 설음 품은
내 어머니 눈물 같다.

감꽃

임미숙

담장 아래 떨어진
노오란 감꽃 모아
하나 둘 실에 끼워
목걸이 팔찌 만들고

흙담장 아래 모여 앉은
소녀들 사금파리 모아
오손도손 소꿉놀이하던
고향의 감꽃

소박하게 차려놓은 돌 밥상
개구쟁이 소년이 발로 툭 차고
줄행랑치면 와르르 무너지는
현모양처의 꿈

소녀의 미소 같은 찔레꽃
머리 위에 하얗게 피어나고
노오란 감꽃 같은 얼굴에는
세월의 주름이 늘어나지만

작은 감꽃에도
영혼이 맑아지는 것은
고향이 주는
최상의 선물이리라.

석류

임미숙

수수한 겉모습이
누구의 눈길도 받지 않을 것 같은 너
두툼한 껍질 속에
아기 입술 같은 붉은 알갱이
행여 부딪혀 터질세라
하얀 면사포로 방을 만들었네

투명한 유리알에 꽃물을 뿌려놓아
수줍은 새색시의 발그레한 볼같이
은은한 미소 속에 터질 듯 말 듯
붉은 보석 같은
은밀한 열정들

너를 보면
겹겹이
새로운 삶의 방을 만드는
내 모습을 보는 듯하다.

인연

임미숙

마음속에 좋은 인연
하나쯤 품고
사는 것도 설렘이다

스쳐간 인연
하나쯤 추억하며
사는 것도 기쁨이다

속내 털어놓을 인연
하나쯤 엮어
사는 것도 행복이다

좋은 말만 하는 사람만이 좋은 인연일까
때로는 쓴소리하고   멀어진 그 사람이
좋은 인연이었음을 깨달음이 감사함이다.

대한문인협회 서울인천지회 동인문집

들꽃처럼

제 2 집

장미례 시인

서울 양천구 거주
예솔 음악원 원장

대한문학세계 시 부문 등단
(사)창작문학예술인협의회 정회원
대한문인협회 서울인천지회 회원

비가 온다

장미례

빗줄기 사이로
적셔지는 잎들이
나폴나폴 춤추고 있네

붓으로 빗물 뿌리니
마치 수채화같은 풍경이어라

마당에 겨우 열린
작은 토마토

반가운 빗물 적셔
진한 빨강옷으로 갈아입네

이렇게 좋은데
이렇게 고마운데
왜 그리 기다리게 했는지

마음까지 촉촉히 적셔주어
우산 없이 걷고 또 걸어본다

댓가 없이 받는 선물에
한없이 감사하며…

송정 바다

장미례

노송 아름드리 사이로
은빛 파도가 춤춘다

하이얀 요트날개
너울너울 비켜가며
물보라 만들고

저 먼 수평선 위
덩치큰 여객선이
꼼짝않고 바다 풍경
지켜보며 서있네

정자 아래 큰 바위엔
긴 낚싯대 드리우고
마아냥 서있는 까만 얼굴들

뜨거운 태양빛에 도망치듯
파도 속으로 미끄러지니
모래 속에 작고 큰 돌
내 발을 간지럽히네

갑자기 눈 앞의 커다란 파도바람
몽롱한 바닷 속 적막에서
빠져나와
물지게 한아름 안고
모래밭에 쓰러지네

그 옛날도 그렇게
놀던 친구, 형제 지금없고

모두가 퇴색되고 변했지마는
솔내음나는 송정바다는
여전히
그때와 그대로이네

아카시아

장미례

골목 어귀 들어서면
집까지 가는 길에

신비한 향기가
술취한 듯 풍겨오네

이맘 때 계절이면
기다리듯 찾아오는

진하고 진한 향들 모여
코 끝을 만지게 하네

하이얀 꽃잎
향기 품은 이파리가

오늘 지나 떨어지나
아쉬운 마음으로

손등에다 향수처럼
문지르고 발라본다

다시 찾아온 열정

장미례

스무살 그때처럼
가슴이 뛴다

몸짓하나 손짓하나까지
서로를 의식하며
기억을 만들어간다

나의 잠자고 있는 모든 세포들의 향연이
시작된다

깊이를 알수없는
환희의 마지막순간까지
나를 이끈다

오늘 손을 놓으면
다시 그리워질테니까
더욱 애절해진다

이 미로의 끝은
어디일까

네개의 발자국을 남긴
7월의 마지막을 보낸다

아침 새

장미례

비가 오시나
창밖에 새소리가 들리지 않는다

꽉 막힌 아파트 숲에도
맑은 날이면 어김없이
기분 좋은 노래로
잠을 깨우는 작은 새

오늘
아무 소리도 들리지 않는다

창문밖을 보니
제법 굵은 빗방울

어디 갔을까

처마 밑에 쌍쌍이 앉아
비 그치기 기다리겠지

녀석들이 애처롭고
궁금하기까지 하네
지저귈땐 몰랐는데

그래도 맑은 내일이면
엄마새가 인솔해서
다시 창문 밖 나무 사이
날아다니며

이쁜 목소리로
노래하겠지

아침을 깨우면서…

장선희 시인

대한문학세계 시 부문 등단
(사)창작문학예술인협의회 정회원
대한문인협회 서울인천지회 정회원

2015년 6월 신인문학상 수상

목련화

장선희

나서는 발걸음
환하게 반기는 목련화

뽀얀 아가 얼굴 닮은 모습에
소담스런 입술을 삐죽이 내미니
내 마음 벌써 너와 입 맞추네.

따스한 햇살 함박웃음으로
담장에 사뿐히 내려앉은 너의 모습

살랑거리는 바람 막아주려
한걸음 옮기니
내 어깨를 포근히 덮어주네.

너의 향기
흠뻑 취하고 싶어
뿌려놓은 꽃잎 어루만지며

주섬주섬
손안에 가득 모아 코끝을 부비니
너의 향기 내 가슴 설레 이네.

꽃처럼 웃자

장선희

아침이슬 머금은 나팔꽃
담장 햇볕이 좋아
활짝 핀 장미꽃

아이 웃음 함박꽃
내려다보는 해바라기 웃음꽃

태양을 바라보는 뭉게구름도
온 세상 낯빛이 눈부시게 하얗다.

모두 나와라
태양도 구름도 꽃도
살아있는 생명들 모두 춤추자.

창공으로 메아리 울려 퍼지며
몇 초의 시간도 헤아릴 여지없고
그저 좋아 눈물까지 부추긴다.

음 폭을 높이는 웃음소리
힘찬 바이러스
메아리 웃음소리 더 크게 날아간다.

열차 여행의 미학

장선희

축축한 비 맞으며 달리는 새마을호는
덜커덩 소리가 더욱 요란하다.

열차에 의탁하고 앉으니
시간보다 조급한 마음 인내하고
창문밖에 보이는 미래 희망은
순수한 자연에 끌린다.

턱을 괸 손 컨디션 달래며
희망찬 미래의 대지를 가리키는 마음은
잠시 자연의 삶을 연상해 본다.

순리를 고집하는 만물의 이치를 따라
팽팽하게 살아가는 인생을 반성하고
조급하게 달리며 살아온 삶이
기억에서 필름처럼 돌아간다.

열차 여행의 인생은 변환 하고픈 기회로
순리와 느림의 미학을 강하게 심어주니
잠시 승복 되는 낮은 미소는
손거울에 보이는 눈동자에 반한다.

문학의 길

장선희

문학의 길로 젖어들며
아르고스의 눈으로 세상을 바라본다.

소음으로 다가오는 도로를 걷다 보면
두통으로 다른 세계가 펼쳐지고
두뇌를 치는 소리에 놀라
메모지에 펜을 휘갈긴다.

모든 만물이 눈에 들어와 불 밝히고
열린 문학이 탄탄대로이길 바라며
한계에 부딪힌 두뇌 지병은
가슴으로 몸살을 앓는다.

스멀거리는 시상에서 맴돌다
정체감에 빠져 다시 백지로 돌아가고
문학의 길로 인도하는 불빛은
무지개의 찬란함을 그립게 한다.

인생의 함정 끝에서

장선희

어여쁘게 인생을 걸어서
죽을 만큼 온몸으로 고통을 부딪치며
살아도 산 것 같지 않은 청춘이었다.

목숨보다 귀한 어린 자식 기운에
뼈를 깎는 아픔도 버틸 정신 의지하며
열심히 희망을 꿈꾼다.

상대의 쾌재에 방황하다
험한 길 놓인 삶에 가슴을 친다.

흐르는 세월 떠다니는 기억 따라
교감으로 맞이한 길은
기름진 땅을 밟으며
반기는 별들이 너무 많다.

장용순 시인

(사)창작문학예술인협의회 정회원
대한문인협회 서울인천지회 정회원
대한문인협회 서울인천지회 기획차장(2015년)

회상

장용순

강 건너 산에
해가 저물면
언덕 아래 풀 뜯던
염소가 돌아오고
닭 쫓던 강아지도
저녁 먹으러 가면
도망 다니던 오골계도
닭장으로 가네

오두막 있던 곳에
연기가 나서 보니
모양은 비슷한데
냄새가 다르구나
꽃이 피던 정원에
잡초만 무성하고
그리운 어머니는
어디서 날 부르시나.

하얀 물결

장용순

강물이
흘러가지만
그냥 흘러가는 게 아니다

수많은 삶의
찌꺼기들을 껴안고

모든 것을 품어주는
어머니 품 같은

바다로
흘러가는 것이다

바람이 불면
저 강물 위에

새들처럼
일제히 비상하는

수만의
하얀 물결들

그렇게
아름다운 꿈도
보여주는 것이다.

태종대에서

장용순

하늘 끝 바다 닿는 곳
어둠 내리고
침침해진 구름 뒤로
슬픈 미소 붉게 걸렸다

날마다 바다 보느라
지겨워진 등대가
여행객들과 어울려 놀 때
멀리 돌섬은 말없이 미소 짓네

밀려갔다 밀려오는
거친 파도에
짐을 실은 배들 멀리 떠있고
자갈마당 돌들은 몸을 씻는다

영겁 세월을 간직한 바다
몽돌 하나도 인간보다 먼저였으니
자연 앞에 작아지는 마음
몽돌 하나 두 손에 꼭 쥐어보네.

딸에게 쓰는 편지

장용순

맑은 눈을 보면서 어릴 적 꿈을 찾는다
내가 보았던 세상도 그러했을 것이다
너도 많은 시간을
꿈을 꾸며 지내겠지
한때는 폭풍우 치는 날이
음습한 안개 낀 날이
인생길을 가로막아도
푸른 하늘이 그 너머에 있다는 것을
항상 믿으며 살기 바란다
지금은 비록 눈물지어도
언젠가는 그 눈물이 진주가 되리니
꿈꾸는 일을 해보거라
이루어질 테니.

그대가 그리워

장용순

조용히 내리는 달빛
잔잔한 음악이 됩니다
시나브로 밝아지는 별빛
운명처럼 다가온 그대

창가에 기대어 바라보는 유성은
떠나간 임을 닮았습니다
아스라이 먼 추억 속으로
안개 같은 길을 걸어간 당신

권태로운 일상에 지칠 때면
그 이름 불러봅니다
꽃잎에 머물다 간 바람 같은
향기만 남기고 간 그대.

장해숙 시인

2005년 대한문학세계 시 부문 등단
(사)창작문학예술인협의회 이사
아리랑 홍보연구가

〈저서〉
　시집 〈새벽시장〉 2009
　논문 〈국가브랜드로서 아리랑이 지닌 가치와
　　　　활용 방안에 대한 연구〉2012

메일: qjawlqjacks@hanmail.net

새벽시장

밤기운이 채 가시지 않은 새벽 거리
인생의 살아온 무게만큼이나
힘겨운 보따리 울러 메고
새벽 발걸음을 재촉하는 굵은 주름살
막내 놈 대학 등록금 걱정에 날로 날을 새었지만
깊게 패인 인생의 굴곡 사이로
씁쓸한 웃음만이 드러눕는다

취업 삼수생 외동딸이 직장에 들어갔다고
자랑을 늘어놓는 이씨의 흐뭇한 목소리도
지난번 장가간 아들놈이 손자를 보게 해줬다는
박씨 영감의 너털웃음도
이제 가족이 그립다는 노숙자 천씨의 모습도
모두가 사람 냄새 나는 새벽시장의 풍경이지만
이 암담한 새벽안개는 언제쯤 걷히는지
한숨 구깃구깃 목구멍으로 넘기고 보따리를 푼다

어머니

장해숙

시집 간 딸은
잘 살아도 안쓰러운지
우리 어머니
고추며 참깨며 쌀을
보낼 때마다
아들네서 받아 모은 용돈
깜장 봉다리에 넣어
쌀자루 속에 푹 찔러
함께 보낸다

장어

장해숙

전기고문은 그리 길지 않았다
이내 고통은 감전되었고
지나온 삶을 되씹을 시간조차 허락하지 않았다
강과 바다를 오가며
욕심으로 가득 채웠던 허상
그는 마지막 기름때까지 빠져나간 뒤
사람들의 입에 오르내렸다
간혹 소주잔을 부딪기도 하면서

봄비

장해숙

비 오는 날은
현장 인부들의 안식일
육중한 해머도
공사판 한 귀퉁이에 모로 눕고
삽자루도 잠시
퍼 올렸던 흙을 내려놓는다
곤계란집 막걸리로 불콰해지면
파전을 건네는 곤계란댁의
펑퍼짐한 웃음이 좋다
노가다 인생
발버둥 칠수록 알코올 지수만 높아지는데
왠지 오늘은
집 나간 마누라가 보고 싶다
울 마누라 그때
최상의 선택을 한 거지
날 버리고 도망 잘 갔어
아니었으면 생고생만 했지 뭐
하지만 마누라 젖가슴이 그리운 건
이 지랄 같은 봄비 때문인가
취기가 권하는 신세한탄을
김씨가 함께 받아 마신다

주산지

장해숙

모락모락 물안개 피어오르는 아침이면
묵직한 양 어깨 담그고
고단했던 시간들을 잠시 내려놓는다
인고의 시간을 보내신 아버지는
외과수술도 받고 보약도 섭취했지만
썩어가는 당신의 몸을 물속 반영으로
조용히 지키고 계셨다
어머니의 부러진 한 쪽 팔을
가끔 위로하기도 하면서
더 이상 의학 처방이 힘들다고 판단한 효녀 딸이
석고대죄 한 지 이미 십수 년
그 누구의 탓도 아니건만
화석이 되어 가는 아버지의 몸과
쇠잔해진 어머니의 몸이 자기 탓인 양
머리를 풀어 헤치고 있다
고요한 연못에 왕버들 가족사가
애잔하게 가뭄을 치유하고 있다

189

정설연 시인

(사)창작문학예술인협의회 이사
한국문인협회 회원
작사가, 낭송가, 시치유사, 플라워티마스터, 티인스트럭터
시화담(詩花談)꽃차교육원 원장
前) 성남 FM 90.7MHz 문화산책 진행
　　　한국교육개발원 심사위원 위촉
　　　온누리 시낭송 전국대회 심사위원 위촉 (2013)
　　　창작문학예술인협의회 시인대회 심사위원 위촉
〈수상〉
　제6회 서정주시회문학상
　현대시 100주년기념 전국시인대회 대상
　대한문인협회 문학대상 / 한비문학상 시 부문 대상
　한국문화예술 문학부문 대상 / 한국문학발전상
　대한문학세계 최우수문학상
　평화통일기원 전국 시낭송대회 대상
　이상화 문학제 시낭송대회 최우수상
〈저서〉 시집 : 내 마음의 자명고(自鳴鼓)_2006
　　　　　　고독이 2번 출구로 나간다 _ 2013
〈공저〉 현대시를 대표하는 특선 시인선
　　　　　시인과 사색/ 들꽃처럼/ 수레바퀴 外
〈시노래 음반〉
　가슴詩린발라드 1~4 집 기획 및 Project design

달빛을 삼킨다

정설연

먼 마음 앉도록 하니
고요히 차 끓이는 소리
봄빛을 두르고 눈을 마주친다
저편에 흐드러진 꽃으로
달빛 길어 올리는 시선에
이슬처럼 맺히는 인연
여린 가지처럼
가장 멀리 나가 있는 마음이
나무 그림자로 서성인다
들어서지 못하는 걸음은
달빛으로 몇 번이나 다녀갔을까.

틈새의 꿈

정설연

빛바랜 전단지 한 장이
보도블록 틈새에서
고단한 삶 감쳐물고는
목젖에 매달리는 화기로 올라와
시선에서 뒤척인다

구두코에 움찔하는 종이는
따끔거리는 맨살의 쓰라림으로
똬리를 틀고 앉았던 몸 일으켜
공중을 날지 못하는
허기의 이사를 고민한다

두고 보는 일의 어려움이
틈새로 시린 바람을 일으키면
활자의 등이 툭툭 불거지고
틈을 비집는 쓸쓸함이 부등깃 치며
광고 문장의 관절을 만진다.

물의 정원

정설연

물풀의 흔들림에
멈춘 푸른빛이 엉킨다
산다는 건
가슴에 물줄기 하나 가지는 것,
꽃잎 떼어 띄우고
너를 흘려보내며 나를 잡는다
너는 꽃잎 속에 있고
꽃잎은 내 속에 있다
물살에 결리는
가슴 언저리 어디쯤
물의 뼈에 걸린 시선이
물수제비 쿵쿵 딛는다
물속을 밟고 들어서는 소리.

뜨거운 고독

정설연

찻물을 물끄러미 바라보면
잘살고 있냐고
내가 나에게 명치에 걸린
말을 물어보며
내 속에서 돌물진다

시선에 물줄기를 만들어
영혼 안에 깃든 신에게
문자향(文字香)이 이슬 머금은 듯
인사를 건네면
찻잎 하나도 신이다

뜨거움 속에서 茶 향기는
더욱더 깊어지듯
한 모금 두 모금
삼킴이 흘러들어 간 심장은
그렇게 차 달여 권한다네.

바람소리가 젖는다

정설연

나뭇잎에 걸터앉은
바람 소리 불러다 놓은 풀냄새
푸른 멍처럼
공중에 떠 있다가
흙냄새 둘러업은
빗방울로 떨어진다

산등성이를 오르내리며
바람이 바람을 업고
눈동자를 건너면
안에서 밖을 향해 앓는 건
서걱거리는 소리를 데려와
밀밭처럼 푸르게 휘청거린다

바람꽃 그 자리에
물방울로 맺혀 발목을 동여맨 채
눈썹을 터는 흔들림
먼 것을 끌어당기는
쓸쓸한 빗줄기에
바람 소리도 젖는다.

한인수 시인

대한문학세계 시 부문 등단
(사)창작문학예술인협의회 정회원
대한문인협회 서울인천지회 정회원

2014년도 한국문학 올해의 신인상 수상
2015년도 우수작 선정

이 생명

한인수

세상 구경하고 싶어
꿈속에서 꿈을 꾸며
나도 모르는 사이
양말도 못 신고
맨발로 구경 왔다.

어영부영 세월은 가고
양말과 신을 신고

비에 젖어
허우적대면서
건천에서 수영을 했다.

숨을 쉬고 먹기에 힘든
우주의 쓰레기가
제법 큰소리 치고는

그늘 밑에 살면서
구실이나 제대로
생존을 말 했을까?
생명의 겉꺼풀들아!

배려하면서

한인수

가는 정 오는 정에
서로가 마음을 열고
험심(險心)한 생각 말고
허심탄회하면서

늘 푸른 초원같이
해가 뜨면 해가 지듯
순리를 밟아 가며
아귀(餓鬼) 같은 생각 말자

서로 돕고 사는 이 세상
누가 보아도 부러워하듯
배려하며 사는 세상
매듭 없이 살아가세.

소중히 살자

한인수

티 끗 하나
먼지 하나
너 나 할 것 없이
소중하다.

소중하다 하다보면
다들 틈 사이사이
하나하나가 소중하다.

애석하다 가련하다
두고 보면 모두가
사는 것이 죄인

서로가 사랑하며
아끼고
사려 깊은 마음으로

배려하면서
소중히 살자
소중히 살리라.

무지개

한인수

석양이 힘에 겨워
토해 낸 노을

무지개 꾀어 내여
둥근 원탁 이루니

쫓아가는 기러기 한 쌍
구름다리 만들고

서산 넘어 깊은 골에
내 집인가 점을 찍고

오색 짙은 다리
고향 길인가
더듬는구나.

첫 사랑

한인수

계절의 끝자락에서
입을 다물고

튀겨 나오는 한마디를
조용히 간직하고
속내를 숨기고 가둔 것을

부르고 싶어 들썩대고
누가 들을라
가슴 깊이 묻어 둔다.

바람에 날이여
메아리 속으로 숨어들고
외로운 가슴을 찾는다.

오! 사랑했던 그대여
여기 들국화 한 송이
입에 물고 있나이다.

홍진숙 시인

서울 거주
(사)창작문학예술인협의회 정회원
대한문인협회 서울인천지회 정회원
문예창작지도자 자격증 취득

2015년 한 줄 시 짓기 공모전 장려상 수상

동인지 "누구에게나 처음은 있다 "
        "우리들의 여백 "
        " 한국문학작가회" 창간호 작품 참여

7월의 바다 하조대

홍진숙

버려도 좋을
구겨진 생각들에 떠밀려
찾아간 하조대

몇 년 만의 해후인가
하늘과 맞닿은
바다의 시작점

추억의 기억들이
얇은 망사 같은
바람의 그물로 되살아나고

나를 이곳으로 데려온
아픔의 무게와 상반되게
꽃잎처럼 날고 있는

눈부신 자유
7울의 바다
하조대

견디다

홍진숙

깊은 침묵 같은
절박함에 봉인 되었던
또 하루를 거둔다

전생의 무거운 죄업 탓이란 생각에
환한 계절의 햇살도 추위처럼
시렸었다

나의 찬란했던 삶은
이미 떠나고
정지된 듯한 어두운 긴 통로
하얀 이팝나무 꽃송이처럼
무심히 피어나던 고통의 날들

하루하루 망가진 세포 피톨들을 격려하며
순례자의 마음으로
서러운 시간 밟고 또 밟아

내가 닿아야 할 끝은
큰 바램도 아닌
온전한 평화로운 일상의
등불을 켜는 것

진달래꽃 피다

홍진숙

초야의 단꿈을 위해
사뿐히 걸어온 봄
훈풍이 청사초롱 불 밝혀 주던 날
분홍의 신방
수줍은 새색시 볼 붉어지고
순정의 정표
낭자한 앵혈 떨어진 자리
물결로 꽃들은 피어나
곧 만삭이 될 봄
서둘러 몸 풀 준비를 하고 있다

끊임없이

홍진숙

내가 길들이던 말들이 떠나고 있다
완성되기를 거부하며
제 몸 속살 벗겨내던
치열한 아픔 참지 못하고
좁고 협소했던 동굴의 눅눅함 속에서
시름시름 앓아오던 생각들과
원활한 피돌기가 되지 않아
여윈 말들이
견디지 못하고 뿔뿔이 흩어져
사라지고 있다
온몸 살점들이 모두 빠져나간
텅 빈 나의 몸
속죄의 들판에 서서
상실의 눈물로 배웅하며
언젠가 완성의 무리를 이루며
살쪄서 돌아올 그들의 말발굽
소리를 기다리는
끊임없는 이 익숙한 이별과 재회
채울 수 없었던 보이지 않는 것들에 대한
멈출 수 없는 그리움의 중독

바람으로 존재하는

너를 생각하는 건
바람이 되는 것
하루에도 몇 번씩 바람이 되어
내 곁에 머물다 돌아가곤 해
견딜 만큼의 아쉬움 남겨놓고
바람으로 왔다 바람으로 가버리는 까닭에
만져볼 수 없는 너의 몸
흔적이 없기에 아프지도 않은
우리의 사랑
가끔은 만져보고 싶어 손 내밀어 보지만
손가락 사이로 빠져 달아나
어디에도 보이지 않는 너
나의 숨결 닿을 수 없는 먼 하늘가
허기진 그리움 되어 흔들리고 있는
끝내 도달할 수 없는 너의 심장에
좀 더 가까이 다가가는 건
나도 바람이 되는 것

대한문인협회 서울인천지회 동인문집

들꽃처럼

제 2 집

초판 1쇄 : 2015년 10월 12일

지 은 이 :

곽종철 권미영 길상용 김려숙 김선옥

김수미 김영주 김은정 김정희 김향아

김혜정 김희영 도성희 문익호 박광현

박목철 박정재 사방천 서수정 안복식

안선희 이광섭 임미숙 장미례 장선희

장용순 장해숙 정설연 한인수 홍진숙

엮 은 이 : 대한문인협회 서울인천지회

펴 낸 이 : 김락호

디자인 편집 : 이은희

기 획 : 시음사

인 쇄 : 청룡

연 락 처 : 1899-1341

홈페이지 주소 : www.poemmusic.net

E-Mail : poemarts@hanmail.net

정가 : 10,000원

ISBN : 979-11-86373-18-7

저작권자와 맺은 특약에 따라 검인은 생략합니다.
잘못된 책은 교환해 드립니다.